KB072014

마셔도 괜찮아,
울어도 괜찮아

마셔도 괜찮아,

울어도 괜찮아

권혁민 지음

밤의 병원,
바 BAR 기행

시듬의무늬

宜言飮酒 與子偕老
그대와 안주 곁들여
술 마시며 함께 늙어 가리라

『시경 詩經』
〈여왈계명 女曰鷄鳴〉

○
차
례

프롤로그 ○ 9

여정의 서막: 자타 공인 최고의 바 ○ 15
챕터 원(Chapter One)과 시작

화가의 아들: 타고난 대로 살지 못하면
그것이 곧 비극이라 ○ 39
숙희(熟喜)와 기질

프루스트의 마들렌:
잊을 수 없는 파리 여행의 추억 ○ 55
뽐(Pomme)과 회상

그 아버지에 그 딸이라는 말은
왜 없을까 ○ 69
요츠바(Yotsba)와 계보

배우면서 마시면 더 맛있는 법 ○ 83
미스터 사이몬(Mister Saimon)과 배움

주(主)님을 모시는 자와
주(酒)님을 마시는 자 ○ 99
루바토(Rubato)와 신앙

골목길 탐방:
사실은 술보다도 사람 보러 가는 것 ○ 111
바람과 모험

고전의 무한한 변주:
매력 넘치는 클래식 칵테일 순례 ○ 123
칵테일 투어와 탐닉

감각의 향연 ○ 133
올드 패션드(Old Fashioned)와 쾌락

정신의 닻줄을 내리며:
자기 자신과 오롯이 마주하는 시간 ○ 147
시호(時好)와 고독

이런 술벗 한둘이면 인생은 충분해 ○ 157
기슭과 우정

Sip it, Don't shoot it: 그때 우리가
처음으로 마셨던 술은 뭐였을까 ○ 167
더 팩토리(The Factory)와 성장

제가 이런 데 와도 되는지 모르겠어요 ○ 177
바 인 하우스(Bar in House)와 환대

In Aqua Sanitas:
칵테일만큼이나 기억에 남은 물 한 잔 ○ 187
연남마실과 건강

프리다 칼로와 폭탄을 둘러싼 리본 ○ 197
비바 라 비다(Viva La Vida)와 운명

에필로그 ○ 207

프롤로그

○

2019년 12월 1일, 아내가 죽었다. 나는 아내의 몸이 차갑게 식어가던 그 순간을 기억한다.

의사의 담담한 사망 선고와 함께 그녀는 세상에 존재하지 않는 사람이 되었다. 이윽고 모두가 자리를 비켜주었고 그곳에는 우리 둘뿐이었다. 나는 병상에 누워있는 아내를 조용히 끌어안았다. 그 순간, 아내의 몸에서 냉기가 차오르기 시작했다. 사지 말단에서부터 뻗쳐오르는 그 기운은 서서히 그녀의 몸을 잠식해 갔다. 사람이 죽은 뒤 시신의 체온이 외부 환경과 같은 정도로 내려가는 것을 사랭(死冷)이라 한다. 머리로는 알고 있었지만 왜 하필 우리가 마지막으로 몸을 맞대는 그때였어야 했는지.

어쩌면 그것은 아내의 소리 없는 고별사였을지도 모른다. 남편을 마지막으로 품에 안는 순간만큼은 따뜻하게 보듬어 주기 위해 온 힘을 다해 죽음의 기운을 억누르고 있던 것은 아니었을까. 팔다리를 지나 매섭게 치달아 오르는 서릿발 같은 그 냉기는 마침내 그녀의 온몸을 차갑게 물들이며 희미하게 남아 있던 마지막 한 줌의 온기마저 모조리 집어삼켰다.

삶과 죽음의 경계에서 아무것도 할 수 없는 자신의 무력함에 걷잡을 수 없는 자책과 회한이 밀려들었다. 그러나 당장 슬퍼할 겨를조차 없었다. 나는 아내의 입술에 마지막으로 입을 맞추고 곧바로 자리에서 일어나 상주로서 해야 할 일을 했다.

상복을 입고 조문객을 맞이하던 첫날부터 발인을 마치고 장지에 도착하여 관 위에 흙을 뿌린 마지막 날까지의 매 순간이 바로 어제 있었던 일처럼 선명하게 기억난다. 나로서는 모든 절차가 처음이니만큼 상을 치르는 내내 장인어른과 장모님의 도움을 받았다. 나이 서른넷에 해외에서 박사 학위를 받고 돌아와 이제 막 날개를 펼치기 시작한 딸의 장례를 치르는 부모의 심경이 어떠했을지 나로서는 감히 상상조차 할 수 없다.

장사(葬事)를 마무리하고 장례식장으로 돌아와 상복을 반납하며 모든 일정이 끝났다. 함께 장례를 치른 가족들도 모두 각자의 가정과 일터로 돌아갔다. 이제 나에게는 너무나 간단한 마지막 단계만이 남아 있었다. 떠난 이를 잊고 마음을 추스르고 평소의 생활로 돌아가는 것.

불가능한 일이었다. 짜증과 분노가 수시로 몰아닥쳤고 가만히 있다가도 갑자기 오열하며 눈물을 쏟았다. 나는 아내가 사망하기 전부터 더 이상 회생의 가능성이 없다는 사실을 이미 알고 있었다. 그렇기에 언젠가 다가올 그녀의 죽음을 차분히 받아들이겠다고, 또 그 뒤에 닥칠 어떤 어려운 일에도 의연하게 대처하겠다고 단단히 각오를 다진 상태였다. 그러나 냉엄한 현실 앞에 나는 너무도 쉽게 무너졌다. 겉으로는 멀쩡해 보이지만 속으로는 무기력증과 우울증에 시달리는 나날이 계속되었다. 그렇게 나는 몸도 마음도 천천히 시들어 가고 있었다.

○

2020년 1월 25일, 나는 칵테일 한 모금에 세상이 뒤흔들린 그 순간을 기억한다.

두문불출하며 지내던 어느 날 저녁 친구 J가 불쑥 찾아왔다. 함께 식사를 마친 우리는 기분 전환 겸 집밖으로 나섰고 어느덧 정신을 차려 보니 해방촌 초입의 한 술집 앞에 서 있었다.

작고 어두운 가게 내부와는 대조적으로 커다랗고 밝

은 조명 간판이 적막한 밤거리를 환하게 밝히고 있는 모습이 인상적이었다. J는 가게가 영업 중임을 확인하자마자 문을 벌컥 열어젖히고 안으로 성큼성큼 들어섰고 나는 그를 뒤따라 조심스레 입장했다.

자리에 앉은 녀석은 바텐더에게 유창하게 무언가를 요청했고 곧이어 희한한 술병들이 테이블 위에 가지런히 놓였다. J는 빈 잔에 새로운 술이 채워질 때마다 내게 그것을 조금씩 맛보게 했다.

생소한 음식에 도전하는 데에는 원체 거부감이 없기에 일단은 녀석이 건네주는 위스키니 럼이니 하는 술을 가리지 않고 넙죽 받아 마셔 보았지만 예상과는 달리 그다지 감흥이 일지는 않았다. 약간의 지루함을 느끼기 시작할 무렵 갑자기 J가 내 팔을 툭 치며 방금 나온 술을 한 번 마셔보라고 했다. 고개를 돌려 보니 독특한 역삼각형 모양의 유리잔에 옅은 황백색의 술이 가득 담겨 있었다.

별 생각 없이 잔을 들고 한 모금 마시는 순간 난생 처음 맛보는 미감이 폭풍처럼 몰아쳤다. 이게 술이 맞나 싶을 정도로 화사한 향과 기분 좋은 산미가 온몸을 휘감았다. 나는 어안이 벙벙한 채로 다시 J를 쳐다보았다. 그러자 그는 물음표로 가득한 내 얼굴을 향해 득의양양한 표정을 지으며 내가 방금 마신 그것이 '김렛(Gimlet)'이라는 이름의 칵테일이라고 알려 주었다.

김렛의 사전적 의미는 나무에 구멍을 내기 위해 날 끝을 나선형으로 만든 목공용 송곳이라고 한다. 칵테일의 명명(命名)과 유래에 대해서는 몇 가지 설이 있지만 그날의 김렛 한 잔은 그야말로 거대한 송곳이 되어 단단히 굳어 있던 내 마음속의 응어리를 단번에 부숴 주었다.

이윽고 자리에서 일어나 집으로 돌아오는 동안에도 머릿속에는 내내 한 가지 생각만이 가득했다. 그토록 침울했던 나에게 한순간에 생기를 되찾아 준 칵테일이라는 술과 바라는 공간을 더욱 즐겨보고 싶어졌다.

그렇게 바 기행(紀行)이라는 이름의 기행(奇行)이 시작되었다. 지난 4년간 참 많은 곳을 다니며 여러 사람들을 만났고, 취기로 가득한 즐거운 여정 가운데 흘러내린 눈물은 모두 술로 채웠다. 그리고 그 수많은 가닥의 실타래를 가다듬고 정돈하여 한 편의 글로 엮어 내었다. 이것은 역경과 고난 앞에 갈피를 못 잡고 방황하던 한 인간의 구원과 힐링의 기록이다.

여정의 서막:
자타 공인 최고의 바

챕터 원(Chapter One)과

시작

○

너무나 강렬히 마음에 새겨져 아무리 오랜 시간이 지나도 빛바래지 않는 그런 기억들이 있다. 감정이 한껏 고조된 상태에서 미지의 영역을 처음으로 경험한 사건들이 으레 그렇기 마련인데, 예를 들어 손을 잡는 것조차 어색했던 첫사랑과 마침내 입술을 포개었던 첫 키스의 순간이라든가 초음파 사진으로만 만나 온 뱃속의 아이와 실제로 얼굴을 마주보게 되는 초산(初產)의 과정처럼, 가슴이 터질 것 같은 흥분이나 목이 바싹 마르는 초조함 같은 격렬한 심적 격동을 동반한 첫 체험은 그 격앙의 정도에 비례하는 깊이로 우리의 기억 속에 각인되어 쉽게 사그라지지 않는 흔적을 남긴다. 마치 거센 망치질로 나뭇

결 깊숙이 파고든 대못은 그 나무 자체를 부수지 않고는 쉽사리 빼낼 수 없는 것처럼.

나는 아내와 처음 만난 날을 지금도 선명하게 기억한다. 약속 장소에 도착한 아내에게 쭈뼛거리며 인사를 건네자 그녀는 오래 알고 지내던 사람을 만난다는 듯 반갑게 웃으며 화답했는데, 미소 짓는 입가 위로 매끄러운 바둑알처럼 동그랗게 빛나는 눈동자에 한순간에 마음을 빼앗겨 버렸다. 식사를 마친 우리는 주변의 카페를 찾았지만 예상치 못한 매장 사정으로 두 군데에서나 허탕을 쳤다. 다행히 근처에서 유일하게 영업 중인 곳을 발견하고 겨우 들어갔지만 이번에는 냉방이 변변치 못했다. 가게 의자에 앉아 얼음이 가득 담긴 냉커피에 의지해 한여름의 무더위를 애써 식히고 있자니 남자 입장에서 무척이나 민망하기 짝이 없었다. 그럼에도 아내는 자리에서 일어날 때까지 단 한 순간도 싫은 내색 없이 생글생글 웃어 주었고 우리는 더위를 잊은 채 밤늦게까지 즐겁게 대화를 나눴다.

공부를 좋아했던 아내는 대학생 때부터 학문을 자신이 갈 길로 선택했다. 박사 학위를 취득하기 직전까지도 자기가 무슨 부귀영화를 누리겠다고 이렇게 매달리는지 모르겠다는 말을 입에 달고 살기는 했지만 지난하고 지루한 배움의 노정 가운데 그런 불평 한 번 안 해본 사람은 없을 것이다. 중국어학을 전공하며 베이징대학교에 적을 두었던 아내는 학기 중에는 중국에 체류해야 했고 우리는 자연스럽게 장거리 연애를 시작했다. 비록 멀리 떨어져 있기는 했지만 그래도 통신기술의 발달 덕분에 수시로 채팅이나 영상통화를 하며 직접 만날 수 없는 아쉬움을 그럭저럭 상쇄시킬 수 있었다. 스마트폰은커녕 인터넷조차 없거나 희소했던 시절에 타국 유학 생활을 했던 선배 세대들은 정서적 고충을 어찌 감내했던 것인지 새삼 존경스럽다.

무엇이 그리도 급했던지 우리는 연애를 시작한 지 반년 정도 지난 시점에 결혼을 약속했다. 그리고 결혼식을 눈앞에 둔 그해 초여름, 아내는 자신의 몸속에 조용히 똬리를 틀고 있던 암의 존재를 처음으로 알게 되었다. 태어날 때부터 있던 아랫배의 반점에서 갑자기 피가 흐르자 이상하게 여긴 아내는 곧바로 대학 병원을 찾아 조직검사를 받았고, 그것은 일반적인 점이 아닌 악성 흑색종(Malignant Melanoma)으로 판명되었다. 상견례를 마치고 예식장 예약을 끝내고 웨딩드레스까지 맞춰 둔 상황에서 갑작스레 딸의 암 소식을 접한 장모님께서는 그 길로 아내와 함께 택시를 타고 내가 일하던 곳까지 달려와 결혼을 무를 것을 권고하셨다. 그때 나는 서럽게 우는 아내와 심각한 표정의 장모님 앞에서 '그냥 없애고 결혼하면 되는 거 아닌가?'라는, 지금 와서 생각하면 어처구니가 없을 정도로 순진한 망상을 하고 있었다. 상황을 전해들은 부모님께서도 처가 측과 말씀을 나눈 끝에 나와 같은 결론을 내렸고, 우리는 암세포 제거 수술이 끝난 뒤 계획했던 대로 식을 올리고 부부가 되었다.

　학위를 마치기 전까지는 육아 생각이 없던 아내는 결혼한 지 얼마 지나지 않아 갑자기 열렬히 아기 갖기를 원했다. 완치 판정을 받을 때까지만 기다리자며 넌지시 달랬지만 소용없었다. 신실한 크리스천이었던 아내는 하복부에 있던 암을 제거한 것은 앞으로 태어날 아이를 위해 하나님께서 자신을 깨끗하게 만들어 주신 것이라며 나를 재촉했다. 박사 학위 과정을 밟는 사람이 어떻게 그런 비합리적인 근거를 대며 임신과 출산이라는 모험적인 일을 감행했는지 지금도 이해가 되지 않지만, 이러니저러니 해도 남편은 결국 안주인 말을 따라야 하는 존재다. 원하는 대로 임신에 성공한 아내는 연약한 자신과는 달리 건강하게 자라 달라는 뜻에서 뱃속의 아이에게 '튼튼이'라는 태명을 지어주었다.

　딸아이는 출산 예정일자보다 3주 정도 일찍 세상의 빛을 보았다. 정말로 태명의 영향을 받은 것인지 시기상으로만 조산아로 구분되었을 뿐 신생아 치료실로 이송된 뒤에도 인큐베이터에 들어가지 않고 기본적인 관리만 받았다. 아기보다도 더 걱정이 되었던 아내도 다행히 제왕절개 수술 후유증을 잘 이겨내고 금세 체력을 회복했다. 산후조리원 생활을 마친 아내는 한 달가량 처가에 머물다가 학기가 시작하자 다시 중국으로 돌아갔다. 당시 나의 부모님은 지방에서 직장생활 중이셨기에 정황상 갓난아이를 기르는 일은 순전히 장모님의 몫이 되었다. 나는 주중에는 본가에 있다가 주말마다 처가를 방문해 육아를 함께했다. 모든 것이 아내의 계산대로 순조롭게 흘러가는 것만 같았다. 그러나 아이를 배고 있는 동안 침묵을 지키던 암세포는 안심하고 있던 우리를 비웃으며 다시 고개를 쳐들었다.

파악하게 된 계기는 기억나지 않지만 이번에도 종양 덩어리는 그것을 일차로 제거했던 바로 그 부위에서 재발했다. 너무나 큰 충격을 받은 아내는 지도교수의 양해를 얻어 최종 졸업 심사 전까지 한국에 머물며 수술과 논문 작업을 병행하기로 했다. 그렇게 2차 제거 수술을 마친 뒤 우리는 드디어 암과는 완전히 이별한 것이라며 서로를 다독였다. 정말로 모든 것이 끝난 것처럼 느껴졌다. 수술 후 다시 체력을 회복한 아내는 아무리 외국인 신분이라도 더 이상 폐를 끼칠 수 없다며 예정에 맞춰 졸업하기 위해 논문 완성에 박차를 가했다. 마지막으로 중국 땅을 밟을 각오로 바다를 건너간 아내는 마침내 최종 졸업

논문 심사까지 통과하며 그토록 원하던 박사 학위를 손에 넣었다. 나는 아쉽게도 일정상 아이와 한국에 있어야 했지만 장인어른과 장모님께서 직접 베이징까지 건너가 자랑스러운 딸의 졸업식을 함께하셨다.

아내가 학위를 마치고 귀국했을 당시의 한국 대학가는 열악한 처우를 받던 시간 강사의 권익 보호를 위해 수정한 고등교육법 개정안(일명 '강사법')이 시행되어 시끌시끌한 상황이었다. 천성적으로 승부욕이 강하면서도 겁이 많고 불확실한 것에 쉽게 불안감을 느끼던 아내는 성공의 보증 수표처럼 여겼던 박사 학위를 지니고도 강단에 서지 못하자 자신만 커리어가 뒤처져 교수 임용에 불리할 거라며 조바심을 냈다. 그러나 더 큰 문제는 따로 있었다. 그 무렵 정기 검진을 위해 재차 병원을 찾은 아내는 깨끗할 것이라 믿었던 자신의 몸 전신에 암세포가 전이되어 있다는 충격적인 검진 결과를 받았다. 강의도 받지 못한데다 완전히 극복했다고 생각했던 암의 마수에 또다시 발목을 잡힌 아내는 크게 상심했고, 열심히 살아온 죄밖에 없는 자신이 대체 왜 이런 시련을 겪어야 하냐며 자신이 그토록 믿고 의지하던 하나님께 울부짖었다.

○

담당의와 상의한 끝에 아내는 최신 항암제를 복용하

기 시작했다. 순수 자가 부담으로 구매했다면 상상도 못할 비용이 들었겠지만 다행히 건강보험공단의 암환자 지원 제도 혜택을 받아 합리적인 가격에 구매할 수 있었다. 매일 밤 냉장고에서 약통을 꺼내 건네면 아내는 물을 담은 컵과 알약을 테이블 위에 가지런히 올려놓고 눈을 질끈 감고는 달 밝은 밤 정화수를 떠 놓고 간절하게 소원을 빌었던 옛 여인들처럼 하나님께 기도를 드렸다. 비위가 몹시 약했던 아내는 그 작은 알약조차 쉽게 삼키지 못해 컵에 가득 담긴 물을 항상 전부 다 비우곤 했고, 나는 냉장고에 비스듬히 기대거나 아내 앞에 앉아 그 모습을 가만히 지켜보았다. 약을 복용한 뒤로 아내는 항상 미열과 메스꺼움에 시달렸다. 감기몸살만 걸려도 일상생활이 힘든 법인데, 침대 위에 힘없이 몸을 웅크리고 누워 항암 부작용을 견디고 있는 아내를 볼 때마다 내가 할 수 있는 것이 없는 현실이 괴로웠다. 그러나 그것이 우리가 기댈 수 있는 마지막 수단이었다. 우리는 기적이 일어나기를 바라며 초조한 마음으로 하루하루를 보냈다.

얼마 뒤 경과 확인을 위해 병원을 찾은 아내에게서 놀라운 소식을 들었다. 두개골부터 정강이에 이르기까지 곳곳에 퍼져 있던 암세포가 대부분 사라졌다는 것이었다. 나는 CT 촬영 사진을 직접 보지는 못했지만 아내는 하얀 덩어리들이 없어진 것이 확연히 보였다며 들뜬 마음을 감추지 못했다. 오랜만에 아내가 활짝 웃는 모습을 본 나는 그날부터 이름도 얼굴도 모르는 제약회사의 운영진과 연구진에게 감사하며 약이 담긴 플라스틱 통을 신줏단지처럼 조심스레 모셨다. 좋은 소식은 연이어 밀려왔다. 그해 여름 아내는 한 대학의 중국어 수업 강사로 임용되었다. 암으로 인해 경력이 단절되었다고 낙담했던 아내는 건강도 되찾고 그토록 바라던 강의도 할 수 있게 되자 그야말로 날아갈 듯이 기뻐하며 온 힘을 다해 자신의 인생 첫 수업을 준비했다. 중국어를 못하던 나는 꼼짝없이 강의 시연 대상으로 활용되었다. 어느덧 2학기가 시작하자 아내는 집과 강의실을 분주히 오가며 수업에 열을 올렸다. 학교라는 공간에 발을 들이자마자 신이 나서 활력이 넘치는 그녀를 보고 있자니 무언가를 배우고 가르치는 일이 천직인 사람은 확실히 따로 있다는 생각이 들었다. 오로지 앞만 보고 달려온 인생이 드디어 꽃을 피우기 시작한 만큼 아내에게 더 이상의 행복은 없을 터였다.

그리고 절망은 갑자기 찾아왔다. 학기가 시작한 지 불과 3주정도 지났을 무렵, 그때까지만 해도 몸에 별 이상이 없던 아내가 갑자기 머리가 깨질 듯이 아프다며 급히 병원에 입원했다. 양가 사람들은 사소한 일에도 워낙 걱정이 많은 아내가 처음으로 강의를 하다 보니 일시적으로 신경성 두통이 왔을 것이라며 서로를 안심시켰다.

다음날 아침 나는 두 살배기 딸아이를 데리고 근처 카페를 찾았다. 그리고 아이를 앞에 앉혀 놓고 아이스크림을 떠먹이면서 알아듣지도 못하는 애한테 네 엄마에게 설마 무슨 일이 있겠냐며 괜히 말을 건넸다. 돌이켜 보면 그것은 아이에게 했던 말이 아니라 나 자신의 불안하고 흔들리는 마음이 공연히 입 밖으로 튀어나왔던 것 같다. 자리를 정리하고 집으로 돌아갈 준비를 하던 중 어머니에게서 메시지가 왔다. CT를 촬영한 결과 아내의 뇌 조직에 암으로 의심되는 혹이 보인다는 전언이었다. 서둘러 아이를 데리고 나와 집으로 향했다. 걸어가는 내내 유모차에 타고 있는 아이와 눈이 마주칠 때마다 왠지 모르게 계속 눈물이 났다. 집에 돌아와 아이를 장모님께 맡기고 황급히 뛰쳐나와 택시를 잡았다.

벌써 몇 년이나 드나들었던 병원 건물이었다. 마음은 바싹 타들어 가면서도 두 발은 익숙하게 아내가 있는 병동을 찾아갔다. 그리고 그날 나는 사람이 다리가 풀린다는 게 무슨 뜻인지 처음으로 알게 되었다. 6인실 가장 구석진 곳에 있는 아내의 병상에 다가가 애써 웃음을 지으며 인사를 건네는 순간 나도 모르게 무릎에 힘이 빠지면서 그대로 아내의 품 안으로 주저앉듯 쓰러져 버렸다. 아내는 이불에 얼굴을 묻고 소리 죽여 우는 나를 감싸 안았다. 그리고 조용히 떨리고 있는 나의 머리에 자신의 머리를 가만히 맞대고는 미안하다며, 자기가 죽어도 우리 딸을 잘 키워달라며 유언과도 같은 당부의 말을 전했다. 당신이 죽기는 왜 죽느냐고 반박하고 위로하며 기운을 북돋아 줘야 했지만 암이라는 녀석을 3년이나 지켜봐 왔기에 직감했던 것일까, 곧이어 우리에게 닥칠 일이 너무나 확연히 예견되었던 나머지 도저히 입술이 움직이지 않았다.

병원에서 하룻밤을 보낸 뒤 통증이 더 이상 격화되지 않자 아내는 곧바로 퇴원 의사를 밝혔다. 가족들도 의료진들도 모두 말렸지만 그녀의 고집을 꺾을 수는 없었다. 그러나 처가로 돌아온 지 반나절도 지나지 않아 아내는 재차 극심한 두통에 시달렸다. 혼자 힘으로 침대에서 일어나지 못할 정도였다. 우리는 서둘러 아내를 병원으로 다시 데려갈 준비를 했는데, 내가 짐을 챙기러 잠깐 방을 나가 있던 사이에 아내는 언니와 장모님께 유언을 남겼다고 한다. 자신과 얼굴이 꼭 닮은 언니에게는 자기 대신 딸아이를 자식처럼 보살펴 달라고, 그리고 장모님께는 자기가 죽더라도 너무 슬퍼하지 말고 외할머니 묘 옆에 자신을 묻어달라고. 나는 그 이야기를 아내가 죽은 지 한참이 지난 뒤에야 어머니께 전해 들었다.

병원으로 가는 동안에도 아내는 어지럼증과 메스꺼움 때문에 자동차 뒷좌석에 쪼그려 누운 채 이동해야 했다. 병실에 입실한 뒤로는 잠시 증상이 완화됐지만 언제 다시 격통이 찾아올지 알 수 없었다. 그날 저녁 아내는 강의를 맡은 대학의 학과장 교수에게 전화를 걸어 자초지종을 설명하고 더 이상 수업을 진행할 수 없을 것 같다고 양해를 구했다. 그분께서도 무엇보다 건강이 우선이라며, 대신할 강사를 구할 테니 아무 걱정 말고 일단 치료에 집중하라며 아내를 위로해 주셨다. 전화를 끊고 가만히 눈을 감은 채 눈물을 흘리던 아내의 표정이 떠오른다. 필사적으로 살아 온 지난 30여 년의 노력이 마침내 결실을 맺기 시작한 순간에 모든 것이 짓밟혀버린 그이의 심정이 어떠했을지 나로서는 감히 짐작조차 할 수 없다.

그 이후로 일어난 일은 진심으로 기억에서 없애버리고 싶지만 아무리 떼어내려 해도 사라지지 않는 망령이 되어 지금까지도 나를 괴롭히고 있다. 얼마 동안은 제정신을 유지했던 아내에게 점차 이상 증상이 나타나기 시작했다. 언어학 전공자인데다 원체 꼼꼼해서 가족과 연락할 때조차도 절대로 오타를 내지 않던 아내가 갑자기 맞춤법이 흐트러진 메시지를 보내 왔다. 정기 체크를 위해 이름과 생일을 묻는 간호사에게는 아직은 괜찮은 것 같다는 등의 엉뚱한 답변을 해댔다. 섬뜩한 느낌이 들어 주변 사람들에게 상황을 알렸지만 다들 완벽주의자인 아내가 갑자기 큰 충격을 받아 심리적으로 불안정해서 그럴 것이라며 어떻게든 나를 안심시키려 했다.

그러나 상황은 점점 더 악화되었다. 이제는 섬망(譫妄) 증상이 나타나기 시작했다. 아내는 조용히 누워있다가도 갑자기 환각에 시달리며 엄마를 찾아 소리를 지르고 난동을 피웠다. 간호사 대여섯 명과 내가 함께 달려들어 머리와 양 팔다리를 붙잡고 진정제를 투여하면 몇 시간은 잠잠해졌지만 약효가 떨어지면 곧바로 똑같은 증상이 반복되었다. 그러나 그마저도 차라리 행복한 것이었다. 증식하는 암세포에 뇌를 완전히 잠식당한 아내는 점점 팔다리가 굳어가더니 곧 눈조차도 자기 마음대로 뜨지 못하는 상태가 되었다.

병원 측에서도 여러 방법을 동원해 보았지만 아내의 병세에는 차도가 보이지 않았다. 혹시나 세간에서 일어났다는 말도 안 되는 기적이 나에게도 찾아오지 않을까 싶어 아이가 옹알이하는 소리를 녹화해서 아내의 귓가에 들려주기도 했다. 외부 자극에 반응하고 몸도 움직일 수 있던 초기에는 그래도 어미라고 핸드폰 화면 속 딸아이를 보며 미소를 짓기도 했지만 그것도 며칠뿐이었다. 얼마 지나지 않아 아내는 완전히 식물인간이 되었다.

도저히 안 되겠다 싶었던 나는 그해 11월부터 아예 육아휴직을 쓰고 간병과 육아에만 집중하기로 했다. 오전부터 저녁까지는 장모님과 내가 번갈아 자리를 지키고 밤이 되면 사설업체를 통해 고용한 간병인이 병간호를 맡았다. 낮에는 병원을 찾아 목에서 끓는 가래를 혼자 힘으로 뱉지도 삼키지도 못해 쇳소리를 내는 아내를 하염없이 바라보다가, 어린이집이 끝나는 시간에 맞춰 집으로 돌아가면 아무것도 모르는 채 애교를 부리며 까르르 웃는 아이에게 억지웃음을 지어보이는 생활이 반복되었다. 해소할 데 없는 갑갑한 마음을 억누른 채 나는 서서히 미쳐가고 있었다.

○

처음으로 '바'라는 공간에 발을 들였던 그날의 기억이 지금도 선연하다. 아내가 세상을 떠나기 2주 전, 고등학교 동창이자 막역한 친구 J가 지쳐 있는 나를 위로하러 집까지 찾아왔다. 평소 우리 집 근처에서 만날 때면 J는 항상 밤늦게까지 눌러앉아 있다가 버스 막차를 타고 귀가하곤 했는데 그날도 우리는 밤이 깊도록 함께 술을 마신 뒤 자정이 가까이 되어서야 가게에서 일어났다. 취기도 해소할 겸 서늘한 밤공기를 마시며 천천히 걷다 보니 답답한 속이 조금 풀리는 듯했다. 보통 때였다면 정류장으로 바로 통하는 길을 택했겠지만 그날따라 오랜만에 기분이 상기되어서였는지 우리는 갈지자걸음으로 비틀거리며 구불구불한 골목길을 헤집고 다녔다. 아무 생각 없이 걷다가 어느덧 큰길가에 다다른 그때, 갑자기 걸음을 멈춘 J

가 흥미로운 것을 찾았다는 목소리로 나를 불렀다.

"야 잠깐만 여기 위스키 파는데?"

무슨 소리인가 싶어 뒤를 돌아보니 붉은 네온 불빛이 새어나오는 커다란 유리창 아래로 웬 유리병들이 가지런히 줄지어 있었다. 그때만 해도 위스키라는 술을 거의 접해 본 적이 없던 나는 멋들어진 문양과 영어 문구가 가득 적힌 빈 병들이 우아하게 도열해 있는 모습에 일종의 두려움이 느껴졌다. 나는 J에게 '저건 우리가 마실 수 있는 게 아니잖아'라는 떨떠름한 표정을 지었지만 J는 자기가 맛있는 술을 한 잔 사겠다며 시커먼 철문을 거침없이 밀어젖혔다. 일반적인 술집이나 펍 같은 가게는 몰라도 그런 곳은 전혀 가본 적이 없는 나로서는 이놈이 대체 무슨 배짱으로 느닷없이 저런 데를 들어가는 건지 도무지 알 수가 없었다. 그러나 꺼림칙한 마음과는 대조적으로 두 발은 나도 모르게 녀석을 따라 안으로 들어서고 있었다. 너무 긴장한 나머지 고작 열 개 남짓한 가파른 계단을 내려가면서도 끝을 알 수 없는 구덩이 속으로 무모하게 몸을 던지는 느낌이 들었다. 잠시 후 평평한 지면에 발이 닿자 이번에는 눈앞에 커다랗고 묵직한 나무문이 나타났다.

지금 와서 생각하면 우습지만 당시만 해도 나는 그 문을 열고 들어서면 얼굴에 기름이 번들번들한 중년 또는 노년의 남성들이 긴 가죽 소파에 앉아 살결이 훤히 드러나는 야한 옷을 입은 어린 여자들을 전리품처럼 양 겨드랑이에 끼우고는 알 수 없는 갈색 술이 담긴 고급 유리잔을 손에 쥐고 담배를 뻑뻑 피우며 빨갛게 달아오른 얼굴로 고래고래 상소리를 뱉어대는 그런 광경이 펼쳐질 것이라 믿어 의심치 않았다. 그러나 정작 들어가 보니 그곳에는 상상과는 딴판인 별천지가 있었다. 가장 먼저 눈에 들어온 것은 중앙에 위치한 거대한 말발굽 모양의 테이블과 그것을 둘러싼 수많은 의자들이었는데 마치 첩보영화에 자주 나오는 비밀 사교단체의 회의 장소처럼 보였다. 테이블 곳곳에 설치한 작은 스탠드 조명들이 대리석 표면을 잔잔하게 밝혀주고 있었다. 일요일 자정을 막 지나고 월요일로 넘어가는 시간이라 그런지 우리를 제외한 다른 손님은 없었다. J는 익숙한 몸놀림으로 카운터의 의자 하나를 쭉 빼고는 그 위에 털썩 주저앉았고 나는 녀석의 바로 옆에 조용히 자리를 잡았다.

이윽고 깔끔한 양복 차림의 바텐더가 우리 앞에 다가와 무엇을 주문할지 물었다. 나는 테이블 위에 두 팔을 가지런히 올린 채 J의 입만 주시했다. 그는 J와 몇 마디를 주고받더니 알았다는 듯 고개를 끄덕이고는 알 수 없는 병들을 하나둘씩 테이블 위에 올려놓았다. 이어서 신기하게 생긴 도구를 꺼내 손에 쥐고 능숙한 손놀림으로 무언가를 만들기 시작했다. 곧이어 길쭉한 얼음 조각과 함께 반투명한 액체가 가득 담긴 잔이 내 앞에 놓였다. J는 신기하게 바라보는 내게 그것이 '진 토닉(Gin&Tonic)'이라는 이름의 칵테일이라고 알려주었다. 어릴 때 어른들의 대화에서 지나가듯 들은 적이 있는 단어였다. 어머니도 가끔씩 술 얘기를 하실 때면 '우리 때는 칵테일이라고 하면 그냥 다 진 토닉이었지'라고 말씀하시곤 했다. 말로만 듣던 그 진 토닉을 눈앞에 두고 있으니 서른 초반의 나이가 되어서야 비로소 어른의 술을 마셔보는구나 싶어 묘한 느낌이 들었다. 두근거리는 마음으로 잔을 들어 내용물을 한 번 쳐다본 뒤 그대로 입으로 가져가 탐색하듯 한 모금을 넘겼다. 바로 이 대목에서 '인생 최초의 바 경험'이라는 주제에 걸맞게 처음 마셔 본 칵테일에 대한 감격적인 회고나 체험담이 등장해야 하지만, 실상은 자리에 앉아 있던 내내 아무런 느낌도 받지 못했다. 마치 군대 입대하던 날 보충대 앞에서 먹었던 점심밥에서 아무런 맛도 느껴지지 않았던 것처럼.

유학의 주요 경전 중 하나인 『대학(大學)』에 이런 구절이 있다. "마음이 그곳에 있지 않으면 보면서도 보지 못하고 들으면서도 듣지 못하고 먹으면서도 그 맛을 알지 못한다."(『大學』, "心不在焉, 視而不見, 聽而不聞, 食而不知其味.") 근심이나 분노 등으로 마음이 동요하여 중심을 잡지 못하면 외부의 자극을 접하면서도 온전히 받아들이지 못한다는 뜻이다. 대학생 시절 의미도 모르고 암기했던 문장의 진의를 절절히 체험하는 순간이었다. 그래도 이런 곳까지 일부러 데려와 준 J에게 미안한 마음이 들어서 그대로 말하지는 않고 맛이 좋다며 슬쩍 연기를 했다. 물론 실제로 실력 좋은 바텐더가 만든 훌륭한 한 잔이었을 테지만 그때만 해도 나의 마음이 그것을 제대로 음미하지 못할 정도로 여유가 없었다. 그런데 J는 맛있다는 말에 신이 나서는 내가 두 모금을 채 마시기도 전에 위스키를 두 잔이나 더 시키더니 자기가 마실 칵테일까지 추가로 주문했다. 어느새 우리 앞에는 각기 다른 술이 들어 있는 잔만 네 개가 놓였다. J는 이놈이 취해서 정신이 없나 싶어 당혹스러운 표정을 짓는 나에게 각각의 이름을 알려주며 한 번씩 맛보게 했다. 그러나 이번에도 조금 전과 마찬가지로 별다른 느낌을 받지는 못했다. 그때부터 우리는 술 얘기는 그만하고 각자의 일상생활로 주제를 전환했는데, 신기하게도 그날 마셨던 술의 맛은 전혀 생각나지 않지만 오히려 주고받은 대화 내용은 지금까지 생생하게 기억난다. 인간의 마음이란 이렇듯 신비하면서도 무서운 존재다. 천천히 이야기를 나누며 잔을 비우다 보니 어느덧 가게의 마감 시간이 되었다. 결국 대부분의 술을 처리한 J는 그길로 택시를 타고 돌아갔다.

그로부터 14일 뒤 아내는 조용히 숨을 거두었다. 상을 치르고 몇 주 동안은 사망 진단서를 들고 여기저기를 돌아다니며 서류 처리로 분주했다. 사망자의 증명 서류는 온라인 출력이 불가능하기 때문에 주민 센터를 몇 번이나 들락거리며 폐쇄증명서를 발급받아야 했다. 이동통신사 대리점을 찾아 아내 명의의 핸드폰 번호를 정리할 때는 기기에 있던 연락처를 모두 내 전화로 옮겼다. 조문을 와 주신 아내의 지인 분들께 답례 문자를 보내기 위해서였다. 계좌를 정리할 때는 은행마다 요구하는 증명서 종류가 달라서 몹시 헷갈렸다. 짧게나마 아내가 강의를 맡았던 대학에서는 강사 대기실 사물함에 남아 있던 유품을 집까지 배송해 주었다. 집에 남아 있던 옷과 화장품은 언니가 가져가기로 했다. 몇 차례에 걸쳐 짐 꾸러미를 처가로 보내며 아내의 흔적이 하나둘씩 사라져 가는 동안 어린 딸은 엄마가 없어졌다는 사실도 모른 채 마냥 웃기만 했다. 이제 아이를 키우는 일은 완전히 두 할머니의 몫이 되었다.

◯

정년퇴직 직전에 갑자기 육아의 한 축을 담당하게

된 어머니는 한약이라도 복용하고 기력을 보충해야겠다며 한의원을 물색했고 마침 장모님께서 한 곳을 소개해 주셨다. 그때 어머니는 본인의 체력 보전은 물론이고 아들 녀석을 어릴 때부터 줄곧 괴롭혀 온 아토피도 한약으로 치료할 수 있지 않을까 하는 기대감으로 가득 차 있었는데, 덕분에 하는 것 없이 집에만 틀어박혀 있던 나도 어머니께 붙잡혀 어쩔 수 없이 밖으로 따라나섰다. 그날 나는 말로만 듣던 사상의학(四象醫學)이라는 것을 처음으로 접해 보았다. 사실 문을 열고 들어설 때만 해도 요즘처럼 서양 의학이 발달한 시대에 고리타분하게 무슨 한의학이냐는 생각에 아예 기대조차 하지 않았다. 의사분은 관상을 보고 맥을 짚더니 내가 소음인(少陰人)이라며 먹지 말아야 할 음식 리스트를 알려주었다. 그동안 온갖 방법을 동원했는데도 해결하지 못한 질환이 기껏해야 음식 가린다고 사라지겠냐며 속으로는 코웃음을 쳤다. 그러나 지난 30년 동안 접히는 부위마다 피고름이 가득했던 피부가 식단을 지킨지 겨우 30일 만에 깨끗한 맨살이 되자 그 위력을 인정하지 않을 수 없었다. 그간 마음고생이 심했던 어머니께서도 식이요법만으로 이렇게 간단히 해결될 줄 몰랐다며 놀라면서 동시에 기뻐하셨다.

나는 식단표의 목록 중에서도 특히 체질에 따라 가려서 마셔야 하는 술 종류에 가장 먼저 눈이 갔다. 표에 따르면 소음인은 와인, 맥주, 막걸리 등 발효주(醱酵酒)를 멀리하고 위스키나 진, 보드카 같은 증류주(蒸溜酒)를 마셔야 했다. 평소 술자리에서 맥주 몇 잔만 마셔도 금방 얼굴이 달아오르고 쉽게 취했었던 나는 그제야 이 모든 것이 체질과 음식의 궁합 문제였다는 것을 깨달았다. 이 소식을 들은 J는 내가 처음으로 바에 갔던 날 마셨던 술들이 바로 증류주였다며, 앞으로 더욱 알려줄 것이 많다며 또 자기가 더 신이 났다. 녀석은 나를 데리고 다니며 새로운 가게를 두어 군데 더 보여 주었는데, 우연히 들어간 해방촌의 한 바에서 김렛이라는 칵테일을 마시고 몸서리칠 정도로 격한 감동을 받았던 것도 바로 그 무렵이었다.

　　얼마 뒤 J와 나는 내가 처음으로 들어가 보았던 우리 집 앞의 그 바를 다시 찾았다. 이번에도 녀석은 내게 몇 가지 칵테일과 위스키를 맛보게 했다. 신기한 일이었다. 마치 로이스 로리(Lois Lowry)의 소설 『기억 전달자(The Giver)』에서 색채의 미감을 모른 채 살아가던 주인공이 점차 기억을 전달받으며 총천연색으로 가득한 세상을 온몸으로 받아들이기 시작했던 것처럼, 아내가 병상에 누워 있을 때는 아무리 마셔도 느낄 수 없던 술의 향미가 이제는 너무나 확연히 다가왔다. 똑같은 장소에서 마시는데도 자신이 처한 상황과 심리 상태에 따라 느껴지는 감각이 이렇게까지 다를 수 있다는 사실이 그저 놀라웠다. 그렇게 몰랐던 술의 매력을 천천히 즐기고 있는 내게 J가 의미심장하게 한마디를 건넸다.

"이 정도면 익숙할 테니까 이제 혼자서도 가 봐. 바는 혼자 가는 게 또 제 맛이야."

안 그래도 몇 차례의 경험을 통해 바와 술의 매력에 서서히 빠져들고 있던 터에 녀석이 던진 그 한마디는 나의 마음에 불을 붙이는 기폭제가 되었다. 그때부터 나는 인터넷을 통해 서울 곳곳의 바들을 검색하고 직접 찾아가 보기 시작했다. 항상 J와 동행하다가 갑자기 홀로 방문하려니 아무래도 좀 긴장되기는 했지만 궁금하거나 모르는 것이 있으면 용기를 내어 바텐더들에게 질문을 쏟아 부었고, 그럴 때마다 그들은 매번 친절하게 답변해 주었다. 그렇게 수많은 바의 문을 하나둘씩 열어가는 과정에서 굳게 닫혀 있던 내 마음의 문도 활짝 열렸다.

여러 바를 다니면서 기회가 될 때마다 바텐더들에게 수시로 건넸던 질문이 있다. "당신이 가장 좋아하는 바는 어디인가? 당신의 기준에서 최고의 바는 어디라고 생각하나?" 사람마다 취향이 제각기 다른 만큼 앞의 질문에 대해서는 다양한 답을 들어왔지만 후자의 경우 많은 이들이 공통적으로 손꼽는 곳이 있었다. 무수히 많은 유수의 바 가운데서도 그들이 입을 모아 최고의 바라고 지목한 장소는 바로 '만취한 상태에서도 걸어서 금방 귀가할 수 있는 집 근처 가게'였다. 나는 지금도 그 이상 적확한 답변은 없다고 확신한다.

　나 역시 마찬가지였다. 그동안 많은 가게를 다녔지만 결국 가장 많이 찾게 되고 또 가장 정감이 가는 곳은 친구 손에 이끌려 처음으로 들어가게 되었던 '집 앞의 그곳'이었다. 책의 첫머리에 등장해야 마땅한, 인생 최초로 방문한 바의 이름이 마침 '처음'이라는 의미와 일맥상통하는 챕터 원(Chapter One)이라는 것도 기막힌 우연이 아닐 수 없다. 바의 문을 열고 들어서기 위해 달리 거창하거나 대단한 이유가 필요한 것도 아니었다. 문득 지나간 과거가 떠올라 눈물 쏟은 날, 직장에서 유달리 일에 치이고 사람에 치여 힘들었던 날, 엄마와 즐겁게 노는 다른 집 아이들을 보며 마음이 울적했던 날, 그냥 숨이 막혀 무작정 집 밖으로 뛰쳐나간 날, 그런 날들마다 집보다도 더 집 같은 나만의 휴식처를 찾아가 바텐더와 정겹게 나눈 이야기를 한 줄 한 줄 카운터에 새기고 왔을 뿐이다.

　해녀들이 오랫동안 호흡을 멈추고 물질을 하다가 수면 위로 올라오며 참았던 숨을 일시에 토해낼 때 고음의 휘파람 같은 소리가 난다. 이를 '숨비소리'라 한다. 나역시 한동안 숨이 턱밑까지 차오른 채 겨우 버티고 있었던 것 같다. 잔잔하게 웃다가도 갑자기 발작하듯 울컥하며 눈물이 터져 나오는 날들이 계속되었다. 사람을 만나고 싶지 않아 자주 연락하는 이들을 제외한 모든 번호를 연락처에서 지우기도 했다. 걸려오는 전화를 받지도 않았다. 어쩌면 전문의의 상담이 필요한 상태였을지도 모른다. 그런 상황에서 정신을 온전하게 유지하고 나아가 다시 예전처럼 웃을 수 있게 된 것은 오직 바, 그리고 그곳에서 만난 바텐더들 덕분이었다. 그중에서도 '집 앞의 그곳'에서 만났던 모두에게 진심으로 고맙다는 말을 전하고 싶다. 그들은 느닷없이 찾아가 뜬금없이 퍼붓는 나의 질문 공세와 폭발하듯 내뱉는 나의 불만과 짜증을 고스란히 감내해 주었다. 고단한 삶 속에서 말라비틀어질 것 같은 그 순간에 주저 없이 찾아가 숨통 틔울 수 있는 나만의 휴식처. 부디 이 세상 살아가는 모든 이의 마음속에 그런 공간 하나쯤 있었으면 하는 바람이다.

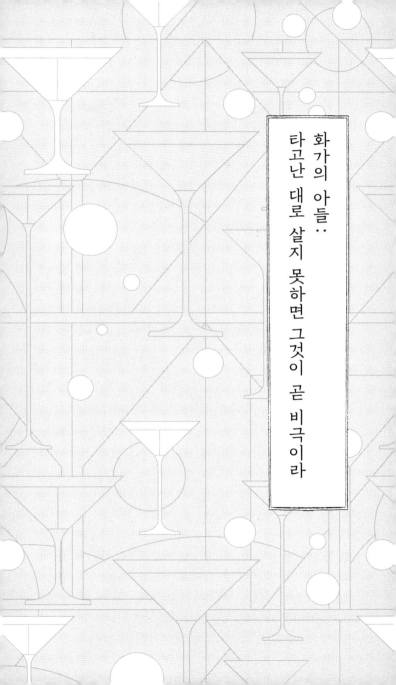

화가의 아들··
타고난 대로 살지 못하면 그것이 곧 비극이라

숙희(熟喜)와
기질

○

　바와 술의 매력에 눈이 트인 뒤로는 술과 관련된 책
들을 손에 닿는 대로 찾아보기 시작했다. 일단 대형 서점
홈페이지에 들어가 검색어를 입력하자 재고 목록이 몇
페이지에 걸쳐 출력되어 나왔다. 그러나 내가 원하는 내
용을 담은 책은 그리 많지 않았다. 여러 도서들 중 칵테일
과 술에 대한 설명이 충실해 보이는 몇 권을 선정하고 며
칠 뒤 매장을 찾아갔다. 집으로 배송시킬 수도 있었지만
역시 책이란 자기에게 꼭 필요한 것인지 직접 눈으로 확
인해야 하는 법이니까. 그리고 진열대 앞에 선 나는 적잖
이 놀랐다. 작은 나무 칸막이 안에 온갖 요리, 커피, 주류
관련 책자가 서로 뒤섞인 채 무질서하게 꽂혀 있는 모습

이 아동용 서적 매대도 그보다는 정리가 잘 되어있을 것 같았다. 그중에서도 주류 파트는 '조주기능사 자격증 대비'라는 제목을 달고 있는 책들이 압도적인 비중을 차지하고 있었는데, 워낙 많아서 내가 지금 수험서 코너에 있는 건가 싶을 정도였다. 다행히 미리 점찍어둔 책들은 문제없이 구해올 수 있었지만 좋은 바를 소개하는 가이드나 탐방기가 없다는 점이 조금 아쉬웠다.

그로부터 며칠 뒤 인터넷으로 이런저런 정보를 검색하던 중 흥미로운 자료가 올라와 있는 한 블로그를 발견했다. 그곳에는 전국의 위스키 또는 칵테일 전문 바를 정리한 목록이 누구나 편하게 이용할 수 있도록 전자파일로 첨부되어 있었다. 마침 '바'라는 공간에 관심이 생겼던 터라 곧바로 받아서 열어 보니 상호명과 주소가 빽빽이 들어찬 리스트가 화면을 가득 메웠다. 4백여 곳에 달하는 전체 목록 중 서울 지역에 소재한 가게만 무려 3백 군데 가까이 되었다. 어떻게 글쓴이 혼자 그 많은 곳들을 모두 다녀왔는지 궁금하여 글을 자세히 읽어 보니 직접 방문한 다른 손님들과 현직 바텐더들의 추천을 받아 작성한 자료라는 설명이 붙어 있었다. 그 순간 한 가지 재미있는 생각이 떠올랐다.

'국내 여행 명소나 식당 기행은 여러 권이 나와 있는

데 왜 바를 소개하는 책은 없지? 서울 안에 좋은 곳이 이렇게나 많다는데…… 혹시 내가 한번 써 볼까?'

지금에 와서 돌이켜 보면 너무 무모한 발상이었다. 사실은 진심으로 책을 쓰려고 한 것도 아니었다. 나는 절대 나 자신을 믿지 않았다. 지난 인생 늘 그래왔듯이 '한 번 해 보자!'하고 힘차게 도전했다가 몇 군데 다니고는 급속도로 흥미를 잃고 흐지부지하다가 그만둘 줄 알았다. 그러나 블로그에서 받은 목록을 참고하여 집에서 가까운 곳부터 가볍게 하나둘씩 다니기 시작한 것이 어느 날 숫자를 세어보니 도합 열 몇 군데 가까이 되었다. 좋아하는 가수의 노래도 한두 곡 이상 찾아서 들어본 적이 없고 또 아무리 즐겨 먹는 음식이라도 맛집까지 탐색하며 돌아다닌 적이 한 번도 없던 나로서는 고작 두 손바닥 펼친 만큼에 불과한 숫자에서 느껴지는 바가 사뭇 남달랐다.

탐방 초기에는 혼자 입장해서 자리에 앉아 메뉴를 정하는 과정조차 너무 낯설고 긴장도 많이 됐지만 그 또한 몇 번 반복하다 보니 금방 익숙해졌다. 이제는 처음 가는 바의 문을 주저 없이 열고 들어갈 수 있겠다는 자신감이 생기자 슬슬 집 근처를 벗어나 거리가 떨어진 곳에도 도전해 보고 싶어졌다. 도로 주행 연수를 마친 뒤 두려움 반 설렘 반으로 혼자 운전대를 잡았던 그때처럼 가슴이 두근거렸다.

어디를 갈까 고민하며 천천히 리스트를 훑어보던 중 문득 한 가게 이름에 눈길이 머물렀다. 멋들어진 영어식 이름들이 즐비한 목록 가운데서도 특이하게 한자명을 쓰는 곳이었는데 옛날 다방 느낌이 물씬 나는 구수한 상호에 왠지 모르게 정감이 갔다. 마침 가게 위치도 금방 다녀올 수 있는 곳에 있었다. 마음을 정하고는 저녁을 먹자마자 어머니께 아이를 맡기고 부리나케 집을 나섰다.

생각해 보면 그렇게 무언가에 홀린 사람처럼 술을 마시러 돌아다닐 수 있던 건 모두 한번 눈을 붙이면 다음 날 아침까지 깨지 않고 얌전하게 잠들었던 딸아이와, 어미 없는 손녀딸을 자식처럼 돌봐 주신 두 할머니 덕분이었다. 물론 마음이 늘 편한 것만은 아니었다. 지하철이나 버스에 몸을 싣고 있는 동안에도 내가 없는 동안 갑자기 사고가 나지는 않을지, 애가 갑자기 열이 나거나 응급실에 가는 건 아닌지 등등 오만 잡생각이 들면서 죄책감을 느낀 적도 많았다. 그러나 그것도 잠시일 뿐, 이제 조금만 있으면 바의 문을 열고 들어가 새로운 술을 마실 수 있다는 생각에 마음속을 가득 채우던 불안감은 어느새 사라지고 한껏 부푼 기대감이 철면피처럼 그 자리를 대신했다.

서울 태생이건만 서울 시내를 돌아다녀본 적이 별로 없다 보니 을지로에 발을 들인 적이 있었는지조차 기억나지 않았다. 역을 나와 좁은 길목으로 들어서자 오래된 상점가와 식당가가 줄지어 늘어서 있는 한산한 거리가 나타났다. 이미 영업시간이 한참 지나 대부분의 가게가 철제 셔터를 내려둔 상태였고 나지막한 빌딩들 사이로 그림자 진 어두운 구석에서는 취기가 오른 노년의 남성들이 담배를 태우며 걸걸한 목소리로 담소를 나누고 있었다. 시간의 흐름이 멈춘 듯 구도심(舊都心)의 정취를 감상하며 걷다 보니 불현듯 이상한 느낌이 들었다. 뭔가 싶어 고개를 들어 보니 오래된 거리와는 어울리지 않는 말끔한 외관의 현대적 고층 빌딩이 절의 입구를 지키는 사천왕상처럼 길가 양옆으로 솟아 있었다. 그대로 전방으로 몇 걸음 더 옮기는 순간 갑자기 눈앞의 풍경이 180도 바뀌었다. 방금 전까지 걸어 온 거리와는 완전히 상반되는, 차들이 쌩쌩 달리는 8차선 도로 위로 대기업 마크와 로고를 달고 있는 마천루들이 방벽처럼 늘어서 있는 도심 한복판이 나타났다.

그제야 길을 잘못 들었음을 직감하고 돌아서서 이제껏 걸어온 경로를 되짚어 갔다. 눈썰미가 좋다고 그렇게나 자부하던 내가 처음으로 바의 입구를 놓치고 헤맸다는 사실에 당혹감이 몰려왔다. 이번에는 아예 핸드폰을 나침반처럼 손에 쥐고는 두리번거리며 주변을 샅샅이 살폈다. 얼마 뒤 드디어 출입구를 찾은 나는 너털웃음을 터트리고 말았다. 그곳엔 너비가 짧은 판자 여럿을 덧대어 만든 나무문 하나가 너무나 천연덕스럽게 자리를 잡고 있었는데, 생김새가 영락없이 옆 가게 비품 창고의 입구처럼 보였다. 그 옆으로는 바텐더의 상징 같은 기물인 지거(Jigger, 계량컵) 형태의 조명이 초롱불을 걸어놓은 듯 은은하게 문가를 밝히고 있었다. 어떻게 이걸 못 보고 지나쳤나 싶어 실소를 뱉으며 가까이 다가가자 비로소 가게 문에 새겨진 숙희(熟喜)라는 글씨가 눈에 들어왔다.

소싯적에 한자를 공부한 덕을 그때만큼 톡톡히 본 적도 없었다. 물론 그것도 바의 독특한 이름을 머릿속에 새기고 왔으니 망정이지, 그렇지 않았다면 수려한 전서(篆書)로 적혀 있던 그 두 글자를 절대 알아보지 못했을 것이다. 문을 열고 들어가자 곧바로 위층으로 이어지는 계단이 모습을 드러냈다. 붉은빛 카펫을 씌운 층계가 어둑한 내부와 어울리며 묵직하면서도 포근한 색감을 자아내는 것이 마치 검은 양복에 빨간색 넥타이를 맨 바텐더가 어서 오라며 친절하게 맞이해 주는 느낌이 들었다. 위로 올라가 메인 공간을 마주한 나는 깜짝 놀랐다. 목재를 쌓아올린 탄탄한 골조 아래로 시선이 닿는 곳마다 아름다운 옛 고가구 풍의 장식이 가득 차 있었다. 알 수 없는 술이 잔뜩 진열되어 있는 백 바 뒤로는 작은 자개 공예품 조각을 이어 붙인 벽면이 눈을 사로잡았고, 그 위로는 팔각 격자무늬 창이 전등 빛을 받으며 찬장과 천장의 경계를 구분하고 있었다. 사실 인테리어나 소품보다도 나를 더 놀라게 한 것은 그 안에서 분주히 움직이는 바텐더들이었다. 고풍스러운 상호도 그렇거니와 이토록 당당하게 국풍을 드러내는 바를 지키는 이들이라면 분명히 연배가 초로(初老)에 접어든 나이대의 어르신들일 것이라 직감했다. 그러나 예상과는 정반대로 카운터 너머에는 나와 동년배 정도로 보이는 청년들이 하얀 와이셔츠와 까만 베스트 차림의 단정한 모습으로 바쁘게 손을 놀리며 일에 열중하고 있었다.

초저녁 시간임에도 이미 거의 만석이었지만 혼자인 덕분에 간신히 비어 있는 자리에 앉을 수 있었다. 이윽고 전통 찻집에서 주로 볼 법한 색다른 디자인의 메뉴판이 놓였다. 물론 아무리 읽어봐도 전부 모르는 이름들뿐이었다. 일단은 뭐라도 시켜야지 싶어 주변에서 귀동냥으로 들었던 것을 골랐다. 오늘도 무사히 주문까지는 끝냈다는 생각에 안도하며 옆에 앉은 이들을 슬쩍 둘러보았다. 바텐더는 그렇다 쳐도 매장 분위기를 고려하면 손님들의 나이대가 지긋할 것이라 생각했지만 이번에도 예상은 빗나갔다. 길쭉한 일자형 카운터의 좌석은 오히려 나보다 어려 보이는 젊은 사람들로 가득했다. 그들은 대부분 두세 명씩 짝을 이루어 대화 삼매경에 빠져 있는데, 편안한 자세로 앉아 익숙하게 술을 마시거나 바텐더와 대화를 나누는 모습이 한두 번 찾아온 이들이 아닌 것처럼 보였다. 바를 다니던 초기에는 나를 제외한 모든 손님들이 단골인 듯한 모양새에 괜히 주눅든 적도 있었지만 이제 그 단계는 넘어선 뒤였다.

곧이어 주문한 술이 눈앞에 준비되었다. 조용히 맛을 보며 내부 공간을 다시 찬찬히 둘러보자 조금 전에는 미처 의식하지 못했던 것들이 눈에 들어오기 시작했다. 백 바를 좌우로 이분하는 정중앙 분리대 위로 가게의 상호를 휘호(揮毫)한 서예 작품이 액자에 담겨 있었는데 크기는 작지만 왜 진즉에 알아채지 못했을까 싶을 정도로 깊은 무게감이 느껴졌다. 전통 민화를 테이블 가림막이나 벽걸이 등 다양한 형태로 활용하여 곳곳에 배치한 소품들이 눈길을 끌었다. 그중에서도 가장 인상 깊었던 건 업장에서 상용하는 코스터(Coaster, 컵받침)였다. 보통 코스터는 가게의 이미지를 한눈에 전달하기 위해 고안한 독창적인 로고나 심벌과 함께 매장 이름을 새기는 경우가 많은데, 이곳의 받침은 특이하게도 민화에 자주 등장하는 소재인 꽃과 나비를 묘사한 화접도(花蝶圖)가 매혹적인 자태를 뽐내며 전면을 화려하게 장식하고 있었다. 이렇게 꾸며 놓은 의도가 무엇일까 궁금하던 차에 마침 옆자리 손님들과 대화를 마친 직원이 내 앞으로 건너와 인사를 건넸다. 액자와 그림에 대해 넌지시 묻자 그는 이곳을 처음 방문하는 사람이라면 누구나 빼놓지 않고 던지는 질문이라는 듯이 미소를 지으며 대답했다.

"사장님 외할머니께서 서예가이시고 어머님께서는 화가세요. 액자 속 글씨는 할머님께서, 벽에 걸려 있는 작품들이랑 코스터 그림은 다 어머님께서 손수 작업하신 거예요."

그 순간 나는 감전된 듯한 충격을 받았다. 동시에 말로 표현할 수 없는 어떤 부러운 감정, 그리고 이제는 흘러가 버린 과거에 대한 자책과 한탄에서 비롯된 극도의 우울감이 서서히 가슴을 옥죄어 왔다.

○

나는 화가의 아들로 태어나 자랐다. 어린 시절을 되짚어 보면 내 곁에는 항상 그림이 있었다. 거실에는 소파 대신 큼직한 화판이 벽에 기대어 있었고 그 옆으로는 붓과 물감 그릇을 잔뜩 올려놓은 교자상이 작업 중인 작품을 따라 계속 자리를 옮겨 다녔다. 어머니는 손에 목탄이나 붓을 쥐고 한번 그 공간에 앉았다 하면 허리를 꼿꼿이 편 채로 몇 시간이고 그곳을 떠나지 않았다. 엄마와 같이 있고 싶던 어린 아들은 자기 몸보다 큰 화판 옆에 눕거나 앉아 조용히 장난감을 갖고 놀며 시간을 보냈다고 한다. 물론 두세 살 먹은 아기가 으레 그렇듯 말썽을 일으킨 적이 없는 건 아니었다. 한번은 전시를 마친 작품을 포장해서 보관하기 위해 잠시 벽에 세워두고 다른 일을 보는 사이에 이놈이 빨간 크레파스로 화면에 동그라미 수십 개를 그려 놓았다고 한다. 또 한 번은 완성하고 뒤집어 놓은 그림에 송곳으로 구멍을 숭숭 뚫어 놓았는데, 구멍의 크기가 워낙 작아서 미처 알아채지 못하고 그대로 전시장에 걸었다가 나중에서야 발견한 적도 있었다. 그 외에도 오래되어 기억이 나지 않을 뿐 그림과 관련된 온갖 일화가 있었을 것이다. 개구쟁이였던 한때를 지나 어느 정도 나이가 들어서는 어머니를 도와 아교(阿膠)와 분채(粉彩)를 섞어 물감을 만들거나 장지(長紙) 표면을 다듬는 도침(搗砧) 작업을 하곤 했다. 전시장에 작품을 반입하고 또 반출할 때는 기꺼이 운반책 역할을 도맡았다.

　나에게 있어 화가의 작업이란 저 멀리 다른 차원에 있는 무언가가 아니라 일상 속에서 매일 얼굴을 맞대는 친구 같은 존재였다. 그리고 그런 작업을 하루도 빠짐없이 묵묵히 수행하는 어머니는 내게 무한한 존경의 대상이었다. 예중과 예고를 나와 대학교와 대학원의 미술학과를 졸업한 뒤로 줄곧 작가의 길을 걸었던 어머니는 무려

47세의 나이에 지방 국립대학교의 전임 교수로 임용되었다. 주위 사람들은 모두가 기적이라고 했지만 나는 어머니께서 그동안 시간과 노력을 들여 성실하게 살아온 내력에 대한 합당한 보상을 받은 것이라 확신했다.

어머니 말씀으로는 나도 어릴 때부터 그림에 소질을 보였다고 한다. 나 자신은 자각하지 못했지만 그림을 업으로 삼은 이의 눈에는 특별한 무언가가 보였나 보다. 그래서인지 어머니는 집안에서는 내 손에 연필을 쥐어 주고 라디오나 의자 등의 사물을 소재로 드로잉을 시켰고, 밖에서는 내 손을 잡고 여러 미술관을 다니며 이름도 알지 못하는 화가들의 작품을 눈에 담게 했다. 어릴 때는 멋모르고 따랐지만 초등학교 고학년이 되면서부터는 그림과 관련된 모든 것이 지루하게 느껴졌다. 당시 나는 추상적인 스타일보다 사진을 찍듯이 대상을 보이는 그대로 묘사하는 정밀화를 그리고 싶었는데 아무리 해도 실제와 똑같이 그리지 못해서 분했던 기억이 난다. 사실 그것이야말로 오히려 재미도 없고 단순한 방식임을 그때는 미처 깨닫지 못했다. 어쨌든 그림에 흥미를 붙이지 못한 나는 그 이후로 아예 손을 놓았고 고등학교에 진학한 뒤에도 문과를 선택했다. 어머니는 못내 아쉬워하셨지만 자기 인생은 결국 자기가 결정하는 거라며 나의 뜻을 존중하셨다. 그때 미술을 선택했다면 지금 나는 어떤 모습으로 살아가고 있었을까. 알 수 없는 일이다.

　20대 후반에 접어들 무렵 어머니께 한 가지 재미있는 부탁을 드렸다. 짧은 시간 동안 펜으로 그림을 그려볼 테니 어린 시절의 그 감각이 아직 살아있는지 평가해 달라는 것이었다. 어머니께서는 "그때 엄마 말 듣고 미술을 계속했어야 했는데……"라는 말을 입에 달고 사는 아들의 시도가 무척 가소롭다는 표정을 지으며 얼마든지 해보라고 승낙하셨다. 그 나이에 늦깎이로 미술을 전공할 것도 아닌데다 헛된 시도라는 걸 알면서도 왜 그런 객기를 부렸는지 모르겠다. 일단 눈앞에 굴러다니던 종이와 펜을 집어 들고는 거실의 이층장을 대상으로 잡고 비장한 눈빛으로 느낌이 가는 대로 끄적거렸다. 몇 분 뒤 완성한 그림을 건네받은 어머니는 그럴 줄 알았다는 목소리로 말씀하셨다.

　"안 되겠다. 이제는 선이 죽었네."

　애초에 기대한 바가 없었으니 담담히 받아들여야 마땅한 그 한마디가 그때는 왜 그렇게 서럽게 들렸는지. 몸은 멀쩡히 살아 있으면서 정신만 사형선고를 받은 것 같았다. 나를 나답게 만드는 내면의 근간이 말라버렸다는 사실을 직시할 때의 허탈한 심경은 겪어 본 사람만이 알 것이다. 아니 어쩌면 아예 인지조차 못한 채로 생을 마감하는 편이 더 행복할지도 모르겠다. 결국 타고난 재질과 적성을 가볍게 여기고 무시한 것도 오로지 나 자신의 선택이었고 그 결과를 고스란히 떠안는 것 또한 나 자신의 업보였다.

밀려드는 회한의 격류에서 벗어나 정신을 가다듬고 다시 잔을 들었다. 그래 나를 괴롭게 만드는 고뇌의 정체는 바로 이것이었다. 화가 어머니 아래에서 자랐다는 동질감. 그럼에도 자신의 본질을 내팽개치고 하루하루 후회하며 메말라 가는 나와는 달리, 이어받은 감성과 소질을 칵테일이라는 감각적인 작업으로 풀어내는 이 바의 주인은 나로서는 이제 도전할 수조차 없는 목표를 멋지게 실현했다.

을지로에 자리 잡은 지 햇수로 4년차를 맞이했던 숙희는 아쉽게도 지역 재개발로 이 글을 쓰고 있는 시점에는 이미 다른 장소로 이전을 마쳤다. 새롭게 이전한 공간에서도 그곳만의 독특한 아우라는 계속해서 생생히 빛을 발하고 있지만 왁자지껄한 을지로 골목길 위로 비밀스럽게 숨어 있던 아늑한 공간과 그곳에서 경험한 모든 추억은 결코 잊지 못할 것이다.

○

　한편 내가 바 탐방에 푹 빠져 있는 동안 어머니께서는 새로운 기쁨을 찾으셨다. 비록 아들 녀석은 자신과 다른 길을 가고 있지만 하나뿐인 손녀딸이 미술에 소질이 있음을 발견한 것이다. 어느 날 딸아이 몸의 몇 배 크기나 되는 종이를 펼쳐 놓고 거기에 그림을 그리게 했더니 지면 한가운데에 걸터앉고는 자유분방하게 선을 휘둘렀다고 한다. 범상치 않은 모습에 감탄한 어머니는 설레는 마음으로 어린 시절 내가 갖고 놀던 4절 스케치북을 사 오셨다. 틈만 나면 스케치북을 펼치고 색연필과 물감으로 색색가지 형상을 그려내는 딸내미를 보고 있으면 나 또한 부모 된 입장에서 감개무량한 마음을 감출 수 없다. 부디 저 아이는 타고난 기질과 적성을 마음껏 펼치며 살아갈 수 있기를.

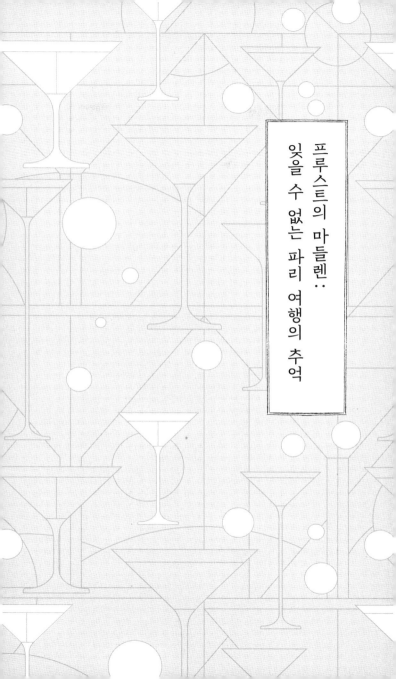

프루스트의 마들렌:
잊을 수 없는 파리 여행의 추억

뽐(Pomme)과

회상

○

잊고 싶어도 잊지 못하는 기억이란 어찌나 진저리 날 정도로 사람을 괴롭히는지. 앨범에 꽂혀 있는 사진들 중 마음에 들지 않는 것은 빼내고 보기 좋은 것들만 남기듯, 수많은 기억의 조각들 가운데 아름답고 행복했던 것만 간직하고 나머지는 모두 없앨 수 있다면 좋았을 텐데. 세월이 약이라는 말처럼 시간이 흐르며 출렁이던 마음은 어느 정도 안정됐지만 과거의 기억들은 여전히 사라지지 않고 나를 괴롭혔다. 세상 모든 것이 그 자리에 그대로 있는데 오직 그이만 없는 현실을 받아들이기 힘들었다. 아니 사실 사라진 것이 하나 더 있기는 했다. 우리는 신혼집 근처의 결혼식장에서 식을 올렸는데 어느 날 길을 가다 이상한 느낌이 들어 고개를 돌려 보니 바로 그 식장이 한창 철거 중에 있었다. 너의 결혼 생활이 파국에 이를 것은 진작부터 예견된 일이었다는 듯이 무너져 가는 웨딩홀을 보고 있자니 어처구니가 없었다.

결국 나를 비통하게 만드는 것은 아내와 관련된 사물에 의해 촉발되는 기억이었다. 예컨대 우연히 들어간 가게에서 마침 그녀가 즐겨 듣던 음악이 흘러나온다든가 어린이집이나 유치원 수업을 마친 아이들이 각자 엄마 손을 잡고 집으로 돌아가는 모습을 지켜볼 때면 갑자기 가슴 한가운데가 쥐어짜는 듯이 욱신거리고 먹먹해지는 증상이 엄습했다. 비록 짧지만 그 순간 동안은 사지가 마비된 것처럼 몸을 제대로 가누지 못했다. 혼수로 맞추었던 가구나 식기는 물론 아내가 쓰던 머리핀 같은 사소한 물건들만 봐도 같은 증상이 반복되었다.

그러나 힘들다고 해서 자식 앞에서도 계속 우울한 표정을 지을 수는 없는 노릇이니 딸아이를 마주할 때는 항상 억지로라도 미소를 지었다. 같이 놀 때는 일부러 우스꽝스럽고 과장된 몸짓과 큰 소리를 내며 아이 얼굴에서 웃음이 떠나지 않게 했다. 그리고 아이 엄마에 대해서는 말도 꺼내지 않았는데, 자기 입으로 직접 보고 싶다고 말하기 전까지는 얼굴조차 모르게 하려고 아내가 나온 사진은 집 안에서 모조리 치워 버렸다. 대화를 나눌 때도 엄마에 대한 주제로 빠져들지 않도록 신중하게 단어를 선택했다. 다만 주말마다 아이를 맡아 주시는 외갓집에서는 정반대의 생각을 하고 계셨지만 말이다. 다행히 딸아이는 엄마라는 존재를 그리워하거나 찾지 않고 무난하게 자라 주었지만 어느덧 아이가 초등학교에 들어갈 날이 다가오자 이제는 동갑내기 친구들의 시선이 걱정되기 시작했다. 한번은 이런 일이 있었다. 딸아이는 동네 또래 아이들과 함께 매주 독서 모임에 다녔는데, 아직 나이도 어린데다 왕복 거리가 멀어서 오고 가는 길을 어른이 동행해야 했다. 하루는 어머니를 따라 애를 데리러 갔더니 수업이 끝나고 달려나온 남자아이 하나가 갑자기 나에게 속사포처럼 질문을 쏟아 부었다.

"지우 아빠! 지우 엄마는 어디 있어요?"
"응…… 먼 곳에 있어."
"멀리 어디요?"
"하늘나라에 있지."
"아닌데? 지우 엄마 죽었다고 했는데! 맞아요? 죽었어요?"

머리를 세게 얻어맞은 듯한 느낌이 들었다. 여섯 살짜리 유치원생 꼬마의 입에서 그런 단어가 튀어나오리라고는 전혀 예상치 못했다. 나는 마땅히 둘러댈 말이 없어 그만 말끝을 흐리고 말았는데 다행히 녀석은 다시 친구들에게 정신이 팔려 나와 대화 중이었다는 것도 잊은 채 신나게 뛰어놀기 시작했다. 그 뒤로도 몇 번 얼굴을 마주쳤지만 녀석은 무언가를 의식하듯이 다시는 같은 질문을 꺼내지 않았는데, 혹시 그날 일을 자기 엄마한테 얘기했다가 호되게 한마디라도 들었나 싶어 괜히 신경이 쓰였다. 그와 동시에 딸아이가 앞으로 함께 지낼 친구들 사이에서 엄마가 없다는 이유로 소외감을 느끼지는 않을까 싶어 가슴이 아려왔다.

그저 사람 하나 떠났을 뿐인데 삶에 이토록 많은 균열이 발생할 줄은 몰랐다. 그러나 지나간 과거를 번복할 수는 없고 억한 마음은 해소해야겠으니 내게 남은 방법은 오직 하나뿐이었다. 나는 괴로운 기억을 새로운 추억으로 덮어버리기로 결심했다. 지난 3년간의 결혼 생활은 비록 비극으로 끝나버렸지만 어차피 지난날의 잔상을 걷어낼 수 없다면 앞으로 3년간은 맛있는 술을 잔뜩 마시며 가슴속에 눌어붙은 한을 술기운으로 감싸버리겠다고 다짐했다. 어머니께서는 손녀딸을 품에 안은 채 그런 나를 바라보며 혀를 끌끌 차셨다.

○

　물론 바와 술에 빠져든 것이 비단 그런 이유에서만
은 아니었다. 살아있을 적 아내는 술이라는 존재를 만악
의 근원이자 사탄의 현신(現身)이라도 된다는 듯이 극도로
혐오했다. 연애 중에는 같이 술을 마실 일이 없었으니 미
처 몰랐다가 결혼한 뒤에야 그 사실을 알게 됐는데, 오죽
하면 집에서 저녁식사를 할 때 반주로 곁들일 맥주 한 캔
조차 그녀의 허락을 받고서야 비로소 꺼낼 수 있었다. 그
런 상황에서 부부가 분위기 잡고 오붓하게 술 한 잔 함께
마시는 것은 당연히 상상조차 할 수 없는 일이었다. 그럼
에도 나는 아내를 보채 한 가지 약속을 받아냈다. 아마도
항암제를 복용하며 전신으로 퍼진 암세포를 잡아가던 때
로 기억한다. 나는 아내에게 이대로 몇 년 뒤 깨끗하게 완
치 판정을 받는다면 나와 함께 맛있는 술을 꼭 한 번 마
셔달라고 간청했다. 아내는 정말이지 이 철없는 남자는
도무지 못 말리겠다는 표정으로 웃으며 그러겠다고 했지
만 결국 그 약속을 지키지 못했다. 이 책에 수록한 모든
바는 나의 취향에 꼭 들어맞는 공간들이기도 하지만 무
엇보다도 그때의 약속을 염두에 두고 선택한 곳들이다.
그중에서도 색다른 추억으로 유독 인상 깊이 남은 장소
가 있다.

　처음 방문했던 그날은 아내의 1주기 기일을 사흘 앞

둔 겨울의 초입이었다. 지하철 경복궁역을 나와 곧장 효자동 방면으로 향했다. 작달막한 상가 건물들이 올망졸망 늘어선 서촌의 풍경은 고층 빌딩이 줄줄이 서 있는 바로 뒤편의 광화문 광장과는 매우 대조적이었다. 시야를 가리는 건축물이 없는 만큼 길을 걷다가도 고개만 들면 한없이 드넓은 하늘을 눈에 한가득 담을 수 있었다. 저 멀리 북악산과 인왕산이 드리우는 산세가 어찌나 아름다운지 눈길이 닿을 때마다 몇 번이고 감탄사가 나왔다. 야트막한 산등성이가 잔잔하게 이어지며 시가지를 포근하게 감싸 안는 모습이 마치 눈높이에 닿을락말락 한 정겨운 높이의 시골집 담장을 보는 듯했다. 부동산은 문외한이지만 풍수지리라는 것이 과연 아무렇게나 만든 이론은 아니구나 하는 생각이 들었다. 큰 사거리를 앞두고 작은 길목으로 들어서니 옛 정취가 느껴지는 골목길이 나를 반겼다. 보행로와 찻길이 명확히 구분되어 있었지만 별 의미 없다는 듯 행인들은 차로를 가로질러 활보하고 차량들은 그들의 움직임을 따라 느긋하게 서행하고 있었다.

　　길가 양옆의 아기자기한 가게들을 구경하며 걷다 보니 금세 독특한 외관의 가게 입구가 나타났다. 겉모습만 보면 레스토랑이나 카페라고 착각할 법했지만, 가까이 다가가 상호명이 새겨져 있는 원판을 자세히 살펴보니 큼직한 이름 아래로 자그마하게 적힌 'BAR'라는 글자가 적혀 있다. 웬지 모르게 기대감을 안고 문을 열고 들어서자 역시나, 세련된 실내 디자인에 한순간에 마음을 빼앗겼다. 수수한 베이지색 벽지와 갈색 톤의 목재가 포근하고 안락한 분위기를 자아내는 가운데 햇볕이 내리쬐는 창가 앞에는 제각기 다른 크기의 화분들이 줄지어 놓여 있었다. 화분에서 뻗어 나온 갖가지 식물의 연둣빛 잎사귀들이 가게 배경과 어우러지며 자연스럽게 인테리어 역할을 수행했다. 술이 빼곡히 들어찬 선반을 제외하면 여기가 바인지 작은 식물원인지 헷갈릴 정도였다. 단순히 몇 가지 색채의 조합만으로 이렇게 아름다운 연출이 가능하다는 것이 놀라웠다. 사선으로 빗겨 내리는 천장 디자인 때문인지 매장의 높이는 다소 낮아 보였는데, 오히려 따뜻하고 아늑한 분위기가 더욱 부각되어 마치 밀림 한가운데 있는 거대한 나무의 허리께를 통째로 파낸 자리에 그대로 가게가 들어서 있는 듯한 느낌이 들었다.

　늘 그렇듯이 카운터 테이블 끝자락 구석에 자리를 잡고 앉았다. 아무래도 이른 오후 시간이다 보니 대부분의 자리는 비어 있었다. 공간의 이미지를 최대한 기억 속에 남기기 위해 서둘러 주문을 넣고 다시 가게 내부를 둘러보았다. 혹시나 놓친 것은 없는지 이곳저곳을 살피던 중 계속 등지고 있던 창가 자리로 무심코 고개를 돌렸다. 한낮의 강렬한 햇살이 들이치는 유리창 너머로 한적한 거리의 풍경이 비치고 있었다. 정적이 감도는 그 광경에 눈길이 닿는 순간 갑자기 마음속 어딘가에서 묘한 감각이 피어오르기 시작했다. 처음 방문한 장소임에도 불구하고 지금 눈에 들어오는 저 장면을 분명 어딘가에서 본적이 있다는 느낌이 들었다. 바를 다니다 보니 말로만 듣던 기시감(旣視感)을 다 겪어보는구나 싶어 웃음이 나왔다. 다만 이 낯익음을 유발하는 최초의 기억이 무엇인지 도통 생각이 나지 않았다. 나는 어떻게든 그곳에 닿기 위해 눈앞의 풍경에 시선을 고정한 채 가만히 신경을 집중했다. 그러나 그것은 의식의 손아귀를 뻗어 움켜쥐려 할 때마다 흐릿한 잔상만을 남긴 채 연기처럼 산산이 흩어져 버렸다.

잠시 생각에 잠겨 있는 사이 주문했던 칵테일이 앞에 놓였다. 연한 청포돗빛 액체 위로 새하얀 거품이 얹혀 있는 모습이 무척 매력적이었다. 한 움큼 베어 물고 꿀꺽 삼키자 입 안 가득 퍼지는 새콤달콤한 여운이 온몸으로 번져 갔다. 그 순간, 조금 전까지만 해도 잡힐 듯 잡히지 않으며 나를 짓궂게 희롱하던 그 녀석이 별안간 실체를 드러냈다. 기억의 언저리를 맴돌던 데자뷔의 정체는 바로 어릴 적 여행했던 파리의 시내 한복판, 한여름의 무더위를 피해 들어간 카페에 앉아 바라보던 거리의 풍경이었다. 정확한 상황은 생각나지 않았지만 무엇을 마셨는지는 분명하게 떠올랐다. 아마도 미술관 전시를 관람하고 나온 뒤였을 것이다. 어머니는 지쳐 있는 나를 위해 차가운 코코아를 시켜 주셨고 나는 투박한 갈색 유리병에 담겨 나온 달콤한 코코아를 병째로 들이키며 갈증과 피로를 해소했다. 무언가를 마시는 행위가 공명(共鳴)이라도 일으킨 것일까. 저 유명한 프루스트의 홍차에 적신 마들렌처럼, 술로 인해 상기된 회상을 기점으로 무의식 속에 잠겨 있던 기억들이 하나둘씩 수면 위로 부상하기 시작했다. 딱딱한 과일의 껍질을 한 꺼풀 벗겨내고 숨어 있던 보드라운 과육을 탐미하듯이, 나는 조용히 눈을 감은 채 넘실넘실 밀려오는 추억의 조류 속으로 빠져들었다.

○

초등학교가 여름방학을 맞으면 어머니는 화가답게 나를 데리고 과감히 문화 체험 여행을 떠났다. 요즘이야 '한 달 살기'라는 표현이 일상적으로 쓰이지만 1990년대만 해도 미술 전시 관람을 목적으로 어린 자식을 대동하고 해외 한 달 체류를 기획해서 떠나는 일은 그리 흔치 않았다. 열정적인 예술가 어머니 덕분에 나는 아무것도 모르는 유년 시절에 얼떨결에 세 차례의 유럽 여행을 다녀왔다. 여행의 테마 또한 명확했다. 우리는 여러 나라를 방문하며 과거와 현재를 아우르는 인류 문명의 소산, 이탈리아에서는 예술의 도시 피렌체와 베네치아의 비엔날레를, 독일에서는 카셀 도큐멘타와 뮌스터조각 프로젝트를, 스페인 바르셀로나에서는 가우디의 역작 사그라다 파밀리아와 구엘 공원 등을 눈에 한가득 담았다.

그중에서도 우리가 가장 많은 시간을 보낸 곳은 파리였다. 어머니는 유학 중인 지인들이 잠시 한국에 돌아와 있는 사이 그들의 집을 빌려 쓰곤 했는데, 아무래도 유학생 처지에서는 저렴한 원룸에 머무를 수밖에 없다 보니 우리도 낮에는 도심을 관광하다가 저녁이 되면 항상 메트로 종점이 있는 외곽 지역까지 이동했다. 아침저녁으로 지하철을 타고 내렸던 샤티옹(Châtillon)이라는 역명(驛名)이 아직도 선명하게 기억난다. 그 외에도 도시의 중심부에 위치한 오래된 건물의 꼭대기 층 다락방에 머무른 적도 있었는데 엘리베이터가 없어서 8층 높이까지 계단을 걸어 올라가야 했다. 오르내리기 여간 힘들다 보니 급하게 뭔가가 필요할 때면 근처 상점에 다녀오는 건 항상 내 몫이었다.

한번은 오렌지 주스를 사러 갔다가 글씨를 읽지 못해 포장 용기 앞면에 그려진 과일 모양만 보고는 오렌지 시럽을 사 온 적도 있었다. 한 컵 가득 따르고서야 그것이 시럽이라는 걸 깨달은 어머니는 한동안 웃음을 그치지 못했다. 여하튼 여러 여행의 추억 가운데 그곳만큼 인상에 깊이 남은 숙소도 없다. 아침마다 창문을 활짝 열고 끝없이 펼쳐지는 파란 하늘을 바라보며 갓 구운 바게트 빵에 초콜릿 잼을 듬뿍 발라 먹을 때의 그 기분이란. 아침식사를 마치고 나면 곧바로 거리로 나서서 한갓지게 시내를 걸어 다니며 명소들을 두루 구경했다. 여행의 주목적인 전시 관람도 놓치지 않았다. 어머니는 퐁피두 센터를 비롯해 로댕, 주 드 폼, 오르세, 오랑주리 등 주요한 미술관들을 꼼꼼히 찾아다녔고, 나는 그 뒤를 졸졸 따라다니며 이름조차 알지 못하는 작가들의 작품을 보고 듣고 느끼며 실컷 구경했다. 비록 어머니의 뒤를 따라 예술을 업으로 삼지는 않았지만 그 시절 나의 감각 속에 아로새겨던 그 모든 경험과 추억은 무엇과도 바꿀 수 없는 귀중한 무형의 자산이 되었다.

○

　몽롱한 상태로 회상에 잠겨 있던 가운데 다른 손님이 들어오는 소리에 문득 정신을 차렸다. 나는 잔에 남은 술을 마저 비우며 내게 아름다운 유년기의 추억을 만들어 주신 어머니를 이곳에 꼭 모시고 와야겠다고 생각했다. 첫 방문 이후로 꽤 오랜 시간이 지나고서야 결국 실행에 옮기긴 했지만, 어머니와 나는 카페 대신 바에 앉아 술을 마시며 그 옛날 파리에서의 추억을 다시금 떠올렸다. 어머니는 맛있는 칵테일과 유럽 얘기에 너무나 신이 나신 나머지 곧바로 새로운 여행을 구상하셨다. 자신을 똑 닮아 그림에 재능을 타고난 손녀를 데리고 그때의 예술 기행을 다시 한 번 떠나겠다는 원대한 계획이었다. 우리는 언젠가 삼대가 함께 유럽 곳곳을 누비며 새로운 추억을 새겨 나갈 그날을 상상하며 즐겁게 잔을 비웠다.

그 아버지에 그 딸이라는 말은
왜 없을까

요츠바(Yotsba)와

계보

○

　나는 어릴 때부터 문학 작품 읽는 것이 너무 힘들었다. 지어낸 이야기를 아무리 읽어 봐야 당최 아무것도 와닿지 않았기 때문이다. 그러니 학교에서 시나 소설을 읽고 느낀 점을 써 내라는 독후감 숙제를 받을 때마다 제출 전날까지 200자 원고지나 A4 용지를 붙잡고 억지로 글을 만들어내느라 얼마나 머리를 쥐어짰는지 모른다. 그런 녀석이 일단 졸업만 하면 대한민국에서는 굶어죽을 일 없다는 말만 믿고 국문학과에 덥석 진학했으니 대학 생활이 어떠했을지는 안 봐도 뻔한 노릇이다. 그러나 이런 나에게도 결코 잊지 못하는 작품이 하나 있다.

　소설 『고역열차(苦役列車)』의 작가 니시무라 겐타(西村

賢太)는 독특한 작품명답게 고해(苦海)와도 같은 삶을 살았다. 막노동으로 번 하루 일당을 술값과 매춘으로 탕진하는 생활을 20여 년 가까이 반복하던 그는 서른 중반부터 마음을 다잡고 글을 쓰기 시작했고, 자신의 인생살이를 담아낸 자전 소설로 저명한 신인문학상을 수상하며 하루아침에 일약 스타가 되었다. 책 소개만 봐도 수상 당시의 상황이 얼마나 충격적이었을지 짐작이 간다.

144회 아쿠타가와(芥川)상이 발표되던 2011년 1월 17일, 일본 열도가 뒤집혔다. 중졸에 날품팔이로 하루하루를 전전하던, 부친이 성범죄자라는 치명적인 이력을 지닌 사십대 중년 남자가 전통과 권위를 자랑하는 일본 제일의 문학상을 수상한 것이다. 특이한 이력도 눈에 띄었지만 "수상은 글렀다 싶어서 풍속점(風俗:윤락업소)에 가려고 했었습니다. 축하해 줄 친구도 없고, 연락할 사람도 없습니다"라는 수상 소감은 더욱더 눈길을 끌었다.

작품 내에는 가상의 주인공이 등장하지만 사소설(私小說) 장르의 특성상 다른 누구도 아닌 작가 본인의 삶을 투영한 인물이다. 탄식이 절로 나오는 밑바닥 인생. 고난의 노정은 그의 아버지가 저지른 죄에 대한 비난을 가족

들이 고스란히 떠안으며 시작됐다. 스스로 밝히듯 원체 소심한 성격이었던 그가 자포자기로 얼룩진 삶에 빠져든 원인 또한 '성범죄자의 자식'이라는 낙인이 평생 자신을 따라다닐 것이라는 체념 때문이었다. 작품 곳곳에 등장하는 반사회적이고 자기 파괴적인 사고의 저변에는 항상 타고난 핏줄에 대한 자기혐오에 가까운 부정적인 자의식이 존재한다. 표현을 빌리자면 그는 언제나 "자신의 몸과 마음에 성범죄자의 유전자가 깃든 피가 흐른다는 사실을 새삼 인식하자 전율 속에서 그냥 뻣뻣하게 굳어버렸다."(니시무라 겐타, 양억관 역, 『고역열차』, 다산북스, 2011, pp.116-117) 자신의 소행도 아닌 일에 너무 심하게 자책한 것은 아닌가 싶기도 했지만 아무래도 체면과 질서를 중시하는 일본의 사회 분위기상 스스로 짊어진 연좌의 굴레를 쉽게 내려놓지 못한 것인지도 모르겠다. 어쨌든 당사자가 겪은 사건을 직접 체험해 보지 않은 이상 타인은 함부로 판단의 잣대를 들이밀어서는 안 된다.

예나 지금이나 인간사는 별반 다를 바가 없었는지 대표적인 고전 문집인 『논어(論語)』에도 작가와 비슷한 처지에 놓여 있던 인물의 일화가 실려 있다.

공자가 중궁을 평하여 말했다. "얼룩소의 새끼가 색이 붉고 또 뿔이 훌륭하게 났다면 비록 제물로 쓰지

않으려 해도 산천이 그것을 버리겠는가?"(『論語』, 子謂
仲弓曰, "犁牛之子, 騂且角, 雖欲勿用, 山川其舍諸.")

　　사람을 평가하면서 왜 뜬금없이 소 얘기를 했던 것
일까. 주류 해석에 따르면 뿔이 잘 자란 붉은 소는 제사
를 지내기 위해 희생하기에 적격인 제물을, 산천은 사람
들이 바친 제물을 진상 받는 자연의 신을 의미한다. 또한
평가의 대상인 중궁 본인은 덕행이 뛰어났지만 그의 아
버지는 행실이 천박했다고 한다. 즉 공자는 부모의 됨됨
이가 그릇되더라도(얼룩소) 그 자식은 품행이 반듯하다면
(붉은 소) 마땅히 그를 사회의 일원으로 인정하고 또 나름
의 역할을 수행하도록(신에게 바칠 제물로 쓰임) 배려해야 함
을 넌지시 소에 빗대어 말한 것이다. 기원전 시대의 인물
이 이렇게 합리적인 발언을 했다는 사실이 그저 놀랍기
만 한데, 죄책감으로 방황하던 소년 시절의 작가가 이 구
절을 접했다면 조금이라도 마음의 짐을 덜고 생각을 달
리할 수 있지 않았을까. 아버지에 대한 원망은 사라지지
않았겠지만 말이다.
　　문학 작품이란 독자 자신이 살아온 삶의 흔적에 비추
어 제각기 다른 형태의 여운을 선사해 준다지만 나는 엉
뚱하게도 소설의 글감 가운데 유독 '혈통'이라는 소재에
생각이 머물렀다. 지속적으로 드러나는 부친에 대한 적개

심과 혈연에 대한 자기 부정의 태도가 내 안의 무언가를 자극한 것만 같았다. 이유는 모르겠지만 그것은 어릴 때부터 지금까지 줄곧 나의 머릿속을 간지럽혀 온 근원적인 질문을 다시금 되새겨 보는 기회를 마련해 주었다.

○

아버지는 내가 한참 꼬맹이였던 시절부터 '안동 권씨(安東權氏) 추밀공파(樞密公派)의 36대손'이라는, 비밀 종교단체의 주문과도 같은 짤막한 한마디를 반드시 외우고 다니라고 신신당부하셨다. 그것이 나의 정체성을 규정하는 무형의 바코드라는 사실을 알게 된 것은 초등학생 때였다. 당시 나는 집 근처의 한 스포츠센터에 수영을 배우러 다녔는데, 데스크에서 탈의실 사물함 키를 나눠주시던 할아버지께서 내 이름을 듣고는 본관(本貫)을 물으셨다. 아버지께 배운 대로 대답하자 할아버지는 갑자기 "아이고 너 안동 권씨야? 그럼 너는 안동 김씨랑은 결혼하면 안 돼"라며 손사래를 치셨다. 무슨 말씀인지 알 수 없어 집에 와 부모님께 여쭤보니 조상이 같아서 그렇다는 답변이 돌아왔다. 어렸던 나는 요즘 시대에 왜 까마득한 옛날 일로 결혼을 막는 것인지 도무지 이해하지 못하다가 나이가 들고 나서야 그것이 유전학적 문제로 기형아 출생을 방지하기 위해서임을, 또 관련 내용이 법제화되어

민법 조항에까지 명시되어 있음을 알게 되었다.

　그 외에도 이러저러한 일들을 계기로 나의 의식 속에는 항상 '내가 선대에게서 물려받은 것은 무엇인가?'라는 질문이 끝없이 빙글빙글 맴돌았다. 딸아이가 태어난 뒤로 그것은 '내가 이 아이에게 물려줄 것은 무엇일까?'라는, 도의적 책무가 부과된 일종의 행동강령으로 변모하여 지금까지도 나의 마음을 무겁게 내리누르고 있다. 자식은 부모를 선택할 수 없다. 인생이란 한번 태어난 이상 무조건 바통을 넘겨받아야만 하는 가혹한 이어달리기다. 스스로 포기하는 것 외에 다른 선택지는 주어지지 않는다. 아내가 떠난 뒤로 '엄마' 대신 '할머니'를 찾으며 커가는 딸아이를 볼 때마다 다음 주자에게 넘겨줄 바통의 무게가 점점 더 무겁게 느껴졌다. 나는 지금 이 녀석에게 과연 좋은 아빠가 되어주고 있는 것일까.

　여자 형제 없이 외아들로 자란 나로서는 딸아이가 성장해 가는 과정이 그저 신기하기만 하다. 평소에는 내일 당장 시집보내고 싶다는 우스갯소리를 입에 달고 살지만 막상 그때가 되면 어떤 기분이 들지는 나도 모르겠다. 어쨌든 얼른 자라서 자신의 천생연분을 만날 그날이 올 때까지는 먼저 간 애엄마를 대신해 좋은 친구가 되어주고 싶은 마음뿐이다. 애가 기꺼이 받아들일지 내칠지는 미지수이지만 말이다. 아무튼 아빠와 딸이라는 이 미묘한 관계의 난관을 실감할 때마다 어김없이 떠오르는 장소가 있다.

○

평면 지도 위 여의도의 모습은 왠지 속을 꽉 채워 넣은 도톰한 만두처럼 보인다. 안에 들어간 내용물이 무엇인지 나로서야 알 수 없지만 뭐든 간에 잔뜩 담고 있으니 다채로운 맛이 나겠다는 생각에 슬며시 웃음이 나왔다. 바로 그 여의도에 위치한 요츠바(Yotsba)는 특이한 이름만큼이나 재미있는 추억이 얽혀 있는 곳이다. 바를 한참 돌아다닐 무렵에는 방문한 뒤 인상이 깊었던 가게 정보를 술친구 J에게 자주 공유해 주었다. 그런데 평소에는 별다른 반응을 보이지 않던 녀석이 이곳만은 상호를 듣자마자 대뜸 "거기만큼 너랑 잘 어울리는 바도 없겠네"라는 알 수 없는 말을 하는 것이 아닌가. 무슨 뜻인가 했더니 가게 이름이 자기가 즐겨 보는 만화의 제목이자 주인공 이름과 같은데, 마침 작품의 내용도 젊은 남자 혼자서 어린 여자아이를 키우는 일상을 소재로 삼은 것이 그야말로 내가 처한 상황에 꼭 들어맞는다는 것이었다(아즈마 키요히코(東淸彦), 『요츠바랑!(よつばと!)』). 작중의 두 사람은 실제 혈연관계는 아니라지만 어쨌든 그런 독특한 주제의 만화가 있다는 것이, 또 내가 좋아하는 바가 그와 연관된 이름

을 지니고 있다는 사실이 무척 흥미로웠다.

　가게를 찾아갈 때는 주로 버스를 탄다. 차창 너머로 잔잔히 흐르는 한강을 멍하니 보고 있으면 어느새 차는 육지와 섬을 연결하는 여의교를 지나 입도(入島)한다. 곧 이어 정류장에 내리면 항상 의례처럼 고개를 돌려 저 멀리 국회의사당을 바라본다. 국회 홈페이지의 소개에 따르면 동그란 돔 형태의 지붕은 '국민의 의견을 하나로 모으는 의회 민주정치의 상징'이라고 한다. 어느 기관이나 조직이든 상징이 표방하는 의미만큼은 더할 나위 없이 이상적이지. 미소를 지으며 골목 안으로 들어선다. 모든 동네는 그곳만의 고유한 분위기가 있다지만 여의도의 이 기묘하고도 이질적인 느낌은 아무리 와도 잘 적응되지 않는다. 마치 거대한 박스를 산더미처럼 잔뜩 쌓아 놓은 거인들의 물류 창고에 들어와 있는 기분이다. 아니 오히려 이 여의도 자체가 거인의 심장이라고 해야 할까. 서둘러 발걸음을 옮겨 목적지로 향한다. 각양각색의 옷차림을 한 사람들을 지나쳐 마침내 가게가 있는 낡은 상가에 도달하니 그제야 안도감이 든다.

　상가 건물 안에서도 끄트머리 구석에 자리 잡은 바의 입구로 들어서면 외부와는 완전히 상반된 공간이 나타난다. 회색빛 벽돌을 쌓아 올린 아치 형태의 백 바를 비롯해 투박하게 처리한 상부와 벽면, 그리고 천장에서 늘어지는 녹색의 이파리와 줄기들을 보고 있으면 중세 시기 유럽의 석조 건축 유적을 현대적으로 재구성한 비밀의 숲속 레스토랑에 앉아 있는 듯하다. J에게 만화 이야기를 들은 뒤로는 이곳에 올 때마다 집에서 쿨쿨 자고 있을 딸아이가 생각남과 동시에 나를 구성하는 가족 그리고 혈통에 대한 갖가지 추억이 뭉게뭉게 피어오른다.

○

어느 집이나 술과 관련된 에피소드 하나쯤은 있을 것이다. 일반적인 가정의 모습을 가정해 보자면 아마도 '아버지가 마시고 어머니가 나무라는' 형식이 기본적인 서사의 틀일 테지만, 우리 집은 그와는 정반대였다. 아버지는 젊을 때부터 술을 한 모금도 마시지 못했다고 한다. 반면 어머니는 술이라면 주종(酒種)을 가리지 않고 즐기는 진정한 주당이었다. 술을 좋아하는 사람이 예술에 몸담는 것인지 아니면 예술 분야가 사람을 그렇게 만드는 것인지 모르겠다만 문화와 풍류를 즐길 줄 아는 그녀에게 술은 필수불가결한 영혼의 양식이었다. 맥주를 좋아하는 J는 우리집에 놀러올 때면 어머니께 진상한다며 다양한 종류의 세계 맥주를 들고 왔는데, 그때마다 어머니는 한 입만 맛보고도 술의 도수를 정확히 맞히셨다.

뿐만 아니라 부계와 모계 두 집안이 모두 확실히 술

과 인연이 있는 것인지, 부모님께 전해들은 바로는 양가 할아버님들께서도 양상은 다르지만 술에 대해서만큼은 상당한 이력을 자랑하셨다고 한다. 먼저 친할아버지는 아버지와 마찬가지로 태생적으로 술을 전혀 못하셨다. 그럼에도 돈암동 자택 근처의 양조장에서 술 배달 종업원으로 일하다가 길음동으로 이사하며 자신만의 양조장을 개업했다. 근면 성실했던 조부께서는 매일 새벽 4시부터 자리에서 일어나 커다란 술통을 자전거에 매달고 지금의 수유동, 번동, 창동 일대로 직접 배달을 다니셨다고 한다. 그리고 그렇게 차곡차곡 벌어들인 수입으로 당시 성북구 일대에서 가장 큰 기와집을 짓고 아들만 여덟을 낳으셨단다. 물장사가 남는 장사라는 게 괜히 나온 말이 아니다.

그러나 6.25 전쟁이 발발하자 할아버지는 평소 드높은 가세를 시기하던 구장(區長)의 모함을 받아 빨갱이라는 누명을 쓰고 경찰서에 구치되었는데, 당시 서에서 근무하던 구장의 아들에게 폭행을 당해 그만 복부 파열로 사망하셨다고 한다. 그로 인해 여덟 형제 가운데 막둥이로 태어난 아버지는 당신의 부친을 만나보지도 못한 채 홀어머니 슬하에서 힘든 어린 시절을 보내야 했다. 어려운 환경에서도 공부를 놓지 않았던 아버지는 형편상 상업고등학교에 진학했지만 꾸준히 노력하여 기어이 명문 대학의 국문과에 입학했다. 한 집안에 국문과가 둘이라니 세상에. 게다가 일흔이 넘은 지금도 스스로 일 중독이라며 여전히 현역으로 근무하시는 모습을 보면 역시 뭔가를 악착같이 할 수 있는 사람은 따로 있는 것 같다.

6.25 동란기에 육군 3사관학교를 졸업하고 공병대의 장교로 복무하셨던 외할아버지는 전쟁이 끝난 뒤에도 계속 직업 군인으로 일하며 폐허가 된 서울 곳곳에 인프라를 구축하는 작업에 착수하셨다. 남산에 도로를 놓고 건국대학교 부지에 호수를 조성하고 서울시청 앞에 건물을 세우는 등 다양한 프로젝트에 참여하셨던 외조부는 소령으로 군 생활을 마친 뒤 그간의 경력을 바탕으로 다시 여러 민간 건설 사업에 뛰어들었다. 다만 술이 약하면서도 술자리 분위기를 너무나 좋아하셨던 나머지 걸핏하면 만취한 채로 심야가 되어서야 귀가하셨다고 한다. 지하철을 좋아하는 나를 데리고 종점까지 왕복할 정도로 정정하셨던 외할아버지는 결국 알코올성 치매로 인한 후유증으로 몸이 심하게 상하여 끝내 회복하지 못하고 돌아가셨다.

이렇게 대를 이어 면면히 내려온 계보가 이제는 나를 거쳐 내 딸에게로 이어지고 있다. 엄마의 품 안에서 어리광을 부릴 시기에 못난 아빠 때문에 시음 잔에 담긴 술의 향기를 맡으며 자라나고 있지만, 굳이 스스로를 변호하자면 감수성이 풍부한 나이에 지각의 폭을 넓혀 주고 싶은 부모의 마음이랄까. 사실 많은 것을 바라지도 않는다. 할머니의 피를 이어받아 그림에 소질을 보이는 아이가 언젠가 자신의 천부적인 재능을 마음껏 펼칠 수 있는 업을 찾기를, 그리고 장성한 뒤 이 모든 이야기를 안주 삼아 아빠와 함께 술잔을 기울일 날만을 고대할 뿐이다.

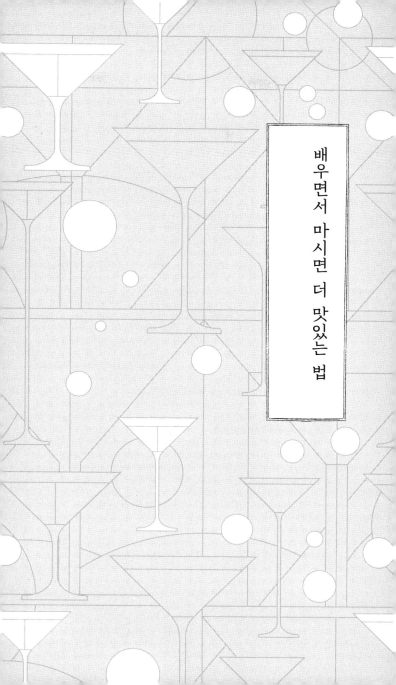

배우면서 마시면 더 맛있는 법

미스터 사이몬(Mister Saimon)과
배움

But it's gonna take money

A whole lot of spending money

It's gonna take plenty of money

To do it right, child

It's gonna take time

A whole lot of precious time

It's gonna take patience and time

To do it, to do it, to do it, to do it, to do it

To do it right

—George Harrison, 〈Got my mind set on you〉

○

천성적으로 게으르고 머리 회전이 느린 내게 무언가를 배운다는 것은 너무나 고된 일이었다. 그저 남들 하는 대로 초중고를 다니고 대학도 남들이 간다니 따라서 가기는 했다만 명확한 삶의 목표나 지향점이 없으니 공부는 물론 손에 무엇을 잡아도 의욕이 생기지 않았다. 사실 대학 입학 자체가 기적과도 같은 일이었는데, 오죽하면 어떤 분은 내가 서울 안의 4년제 대학교에 합격했다는 소식을 듣고는 어머니께 "아드님이 공부를 열심히 하셨군요"가 아니라 "어머님이 기도를 열심히 하셨군요"라는 말씀을 건넸다고 한다. 정곡을 찌르는 말이 아닐 수 없다. 허나 관심이 가는 분야가 아니면 아무리 해도 마음이 동하지 않는데다 흥미를 느꼈다 해도 금세 식어버리는 성미를 타고난 것을 어쩌겠는가. 이런 녀석을 한자리에 앉혀 놓고 열과 성을 다해 가르쳐 주신 모든 선생님들께 진심으로 감사드린다.

지난 세월 동안 나를 이끌어 준 수많은 스승 가운데서도 나의 삶을 가장 크게 바꿔놓은 이는 단연코 아내였다. 천방지축 낭인(浪人)이었던 내가 의연하게 직장 생활을 하며 가장 역할을 수행할 수 있던 것은 순전히 아내의 내조 덕분이었다. 만약 나의 대학 입학 소식에 경탄했던 그분께서 내가 결혼하고 애를 낳더니 정신을 차리고 취직해서 일하고 있다는 얘기를 들으시면 분명 "아내분이 기도를 열심히 하셨군요"라며 혀를 내두르셨을 것이다. 여자의 간절한 기도란 이토록 무서운 위력을 발휘한다.

그리고 잊지 못할 은사님이 또 한 분 계신다. 아쉽게도 지금은 한국에 계시지 않지만 저 멀리 태평양 건너에서도 선명히 느껴지는 무게감에 항상 고개가 숙여진다. 내가 비교적 젊은 나이에 배우자의 상이라는 큰일을 치르고도 자포자기에 빠지지 않았던 것은 세상 모든 것을, 특히 자신의 감정이 요동치는 순간을 배움의 기회로 삼으라는 그분의 가르침 덕분이었다. 물론 힘들지 않았던 것은 아니다. 매일 누선이 말라버릴 정도로 눈물 흘리며 무기력증에 빠져 있던 때도 있었다. 그러나 모든 것을 잃었다고 생각한 순간에도 지금 이 상황에서 내가 할 수 있는 것은 무엇일까를 곱씹으며 온갖 악감정을 건강한 삶의 원동력으로 전환시킬 수 있던 것은 그저 선생님께 배운 바를 기억하고 실천했기 때문이다. 그것은 단순한 지식 습득이나 정보 전달과는 다른 차원의 가르침이었는데, 비유하자면 어떤 진흙탕에서도 앞으로 나아갈 수 있는 강력한 엔진 같은 심지(心志)를 장착시켜 주신 것이나 다름없었다. 차가 고물이라 잘 나가지 못해 송구스러울 따름이다. 천학(淺學)이 담기에는 너무나 거대한 철학인데다 글재주가 없어 이렇게밖에 표현하지 못하지만 잠깐이나

마 거인의 어깨 위에 올라탈 수 있어 영광이었음을 이렇게라도 전해드리고 싶다.

우리는 무언가를 배운다는 말을 입에 달고 산다. 누구나 버킷 리스트에 '□□자격증 따기'라든가 '○○어 유창하게 말하기' 등의 목표를 한두 개 쯤 갖고 있을 것이다. 평생 학습이나 평생 교육이라는 말이 일상적으로 쓰일 정도로 우리는 끊임없이 배우고 있고 또 배우려 한다. 보다 나은 기회를 얻기 위해 외국어를 공부하고 원하는 직업을 구하기 위해 모르는 기술을 익힌다. 자신이 종사하는 분야를 더욱 깊이 이해하고 직무에 숙달되기 위해 관련 교육을 받을 뿐만 아니라, 개인의 기호와 취향이 중시되는 오늘날에는 무엇보다도 취미생활을 향유하기 위해 다양한 지식을 끝없이 습득한다. 그야말로 세상 모든 것이 배움의 대상이다. 학습 경로 또한 종이책에만 의존하던 시기를 지나 이제는 각종 전자 매체를 통해 자신이 원하는 콘텐츠를 얼마든지 찾아볼 수 있는 시대가 되었다.

그런데 '배우다'라는 말은 단어의 사전적 의미대로 주로 새로운 지식을 얻고 기술을 연마하는 이미지를 연상시키지만 술에 있어서만큼은 느낌이 다른 것 같다. 가령 '술을 배우다'라는 말을 들었을 때 책을 펴놓거나 모니터를 주시하면서 눈앞의 내용을 머릿속에 차곡차곡 쌓아가는 모습을 떠올릴 사람은 많지 않을 것이다. 그보다는 부모님이나 웃어른에게 술상 앞에서 지켜야 할 주도(酒道)나 주례(酒禮)를 교육받는 장면이 그려지지 않을까. 술을 드시지 않는 아버지 밑에서 자란데다 집밖에서도 회식 자리를 경험해 본 적이 없는 나는 이 '술자리 예절'의 실체가 무엇인지 잘 모른다. 아무래도 사회생활을 하다 보면 위계가 높은 사람들과 동석할 일이 많은 만큼, 취기가 오른 상태에서도 상도덕을 지키고 몸가짐을 흐트러트리지 말라는 뜻이겠거니 짐작할 뿐이다. 결국 술이라는 존재가 취향에 따라 즐기는 기호품이라기보다는 모임에서 분위기를 띄우기 위한 수단으로만 인식되어 왔기에, '술을 배우다'라는 표현에 내재된 의미도 '무엇을 마실 것인가'보다는 '어떻게 처신할 것인가'의 측면이 더욱 부각되었던 것은 아닐까. 요즘은 과거의 기형적인 회식 문화가 많이 사라졌다고 하던데 그동안 몸에 맞지도 않고 마시고 싶지도 않은 술을 억지로 넘겨야 했던, 또는 지금도 그래야만 하는 모든 분들께 심심한 위로의 말씀을 전한다.

　　사실 나 역시도 별반 다를 바 없었다. 불과 몇 년 전까지만 해도 나에게 술이란 그저 무작정 취하기 위해 마시는 무미건조한 음료이자, 편의점 매대 안에 가지런히 놓여 있는 몇몇 유명 브랜드의 소주, 맥주, 막걸리만을 의미했다. 그러던 중 바 기행을 시작하고 이곳저곳을 전전하며 견문을 넓힌 뒤에야 비로소 세상에는 수많은 종류의 다채로운 술이 존재한다는 것을 알게 되었다. 아직도 갈 길이 멀지만 나의 취향에 맞는 술과 장소를 탐색하는 이 즐거운 여정은 아무리 해도 질리지 않는다. 그런즉 '술을 배우다'라는 말은 단지 술자리 매너를 익히는 것만이 아니라, 여러 가지 술의 특징을 이해하고 자신의 체질과 기호에 맞는 바로 그것을 찾아가는 공부의 의미로 볼 수도 있지 않을까. 그런 의미에서 나는 '바'라는 공간이야말로 갖가지 술을 체험하기 위한 최적의 문화센터라고 생각한다. 손님은 수강생이요 바는 교육 장소라면 강사는 누구일까. 바로 그곳에 있는 바텐더다.

어떤 분야든지 '이 사람에게 배우고 싶다'라는 마음이 절로 들게 만드는 인물이 있다. 단순히 유명세를 탔다거나 업적만 뛰어난 자가 아니라 사소한 언동 하나하나가 마음에 울림을 주는 그런 사람 말이다. 이상적인 선생님을 만나면 자연히 그의 뒤를 따르거나 그가 있는 곳을 찾아가 배우기 마련인데 놀랍게도 술에 있어서도 마찬가지였다. 매일같이 새로운 가게의 문을 열며 정신없이 돌아다니던 그때, 첫 방문 이후로 홀린 듯이 일주일 내내 쉬지 않고 찾아간 장소가 있다. 수없이 많은 바들 중에서도 내가 언제나 부동의 기준점으로 여기는 그곳은 바로 미스터 사이몬(Mister Saimon)이다.

○

　바를 처음 찾아갔던 그날은 고등학교 동창인 D가 동행했다. 어떤 연유로 만난 건지 기억나지는 않지만 평소에 자주 볼 수 있는 얼굴이 아니기에 기왕 이렇게 된 거 바에 가서 술이나 한 잔 하자고 꼬드겼고, 녀석도 별 말 없이 승낙했다. 동네까지 찾아온 손님을 다시 멀리 데리고 가는 것도 실례니 집에서 가까운 곳을 아무데나 짚고는 함께 버스에 올랐다. 학창 시절 압구정 학원가를 들락거린 적은 있어도 로데오 거리에 발을 들이는 것은 처음이었다. 정류장에 내려 골목으로 들어서자 비좁은 도로 양 옆으로 술집과 음식점들이 다닥다닥 붙어 있는 진풍경이 펼쳐졌다.

　매번 갈 때마다 느끼지만 저녁 시간대의 로데오 거리는 정말이지 혼잡함의 상징이라 불러도 손색이 없다. 로데오라는 명칭은 미국의 대표적인 부촌 베벌리힐스의 서부에 있는 명품 상점가 '로데오 드라이브(Rodeo Drive)'에서 따온 것이라 한다. 갤러리아 백화점 명품관을 기준점 삼아 신사동, 압구정동, 청담동이라는 굵직한 동네들의 법정 경계가 맞닿는 위치에 붙이기에는 제격인 이름이다. 다만 사람 많은 곳을 기피하는 나로서는 혈기와 관능이 흘러넘치는 그 골목을 뚫고 가는 것만으로도 이미 지쳐버린다. 한번은 어머니를 모시고 바를 방문한 적이 있는

데, 예전에는 그렇게나 한산하고 조용했던 거리에 이렇게 인파가 몰릴 줄은 몰랐다며 걷는 내내 놀라워하셨다. '핫플'이나 '성지'라는 달콤한 전략에 거대한 집합체가 물결치는 양상을 보고 있자면 골목 상권의 흥망성쇠란 도무지 예측할 수가 없다.

　요란한 골목을 따라 줄곧 직진하다가 옴폭 들어간 샛길로 접어드는 순간 문득 이상한 느낌이 들었다. 마치 투명한 벽이라도 통과한 것처럼 시끌시끌하던 소리가 갑자기 사라지고 고요한 적막감이 서린 공간과 함께 가게 입구가 나타났다. 영화나 게임에서 흔히 연출하는 장면처럼 단 몇 걸음 옮기는 사이에 갑자기 다른 차원으로 이동한 것 같았다. 가게 위치 참 잘 잡으셨네, 감탄하며 전면을 바라보았다. 어둑어둑한 골목길 끝을 은은하게 밝히는 노란 전등빛 주위로 화분에서 뻗어 나온 녹색의 줄기와 잎새들이 벽면을 휘감으며 따스한 분위기를 자아내고 있었다. 주변을 찬찬히 살펴보던 나는 외측 기둥 위에 매달려 있는 주물 간판에 한순간에 눈길을 빼앗겼다. 동그란 띠 모양의 원판 중앙에 커다란 지거 모형이 단단히 고정되어 있는 모습이 너무나 인상적이었다.

　판의 평면에는 상호와 함께 가게의 연원을 알 수 있는 문구가 적혀 있었는데, 개점 연도가 무려 2001년까지 거슬러 올라가는 것을 보고 깜짝 놀랐다. 묵직한 문을 열고 안으로 들어서자 산뜻하고 밝은 느낌의 입구와는 대조적으로 중후한 무게감이 물씬 풍겨왔다. 내부는 생각보다 널찍했는데 눈이 닿는 곳마다 위스키와 관련된 내장(內裝)이 가득한 것이 어느 방면에 주력하는 가게인지를 단번에 알 수 있었다. 기다란 백 바의 중앙 장식장에는 상단부터 각각 보리, 증류기, 나무통 모형을 재치 있게 배치하여 위스키가 만들어지는 공정 과정(원료-증류-숙성)을 상징적으로 요약하여 보여주는데다, 그 외에도 스코틀랜드 지도와 주요 증류소 위치를 전광판 형태로 설치한 멋진 벽장식과 길쭉한 유리병 모양으로 뚫어 놓은 바람구멍 등 가게의 면면에서 위스키에 대한 열정이 느껴졌다.

널찍한 원목 카운터 끝에 자리를 잡고 앉으니 영화 속 해적들의 보물 지도처럼 돌돌 말린 가죽 두루마리 모양의 메뉴판이 놓였다. 끈을 풀어 펼치자 빛바랜 종이 위로 지역별, 종류별 위스키 이름이 깨알같이 적힌 리스트가 모습을 드러냈다. 나는 귀동냥으로 자주 들었던 이름의 위스키를, D는 어느 바에서든 손님들이 가장 많이 찾는다는 '달달한 칵테일'을 주문했다. 이윽고 내 앞에는 누런빛 위스키가 담긴 작은 시음용 잔이, 녀석의 앞에는 동그랗고 커다란 얼음 덩어리와 술을 가득 채운 큼직한 잔이 각각 준비되었다. D의 입장에서는 처음 마셔보는 칵테일이었기에 입맛에 맞을지 걱정이 됐지만 다행히 마음에

드는지 녀석은 가만히 술을 홀짝였다. 그렇게 우리는 각자의 술잔을 기울이며 이야기를 나누었다.

D와 나는 대략 1시간가량을 머물다 자리에서 일어났다. 그 이후의 일은 전혀 생각나지 않는다. 다만 녀석과 이야기를 나누는 사이사이 사장님과 간간히 주고받은 대화에 너무나 강렬한 인상을 받았던 것만큼은 분명히 기억한다. 그리 대단한 내용도 아니었다. 술은 취향에 맞는지, 바는 자주 다니는지 등등 처음 방문한 손님에게 으레 건넬 법한 질문에 상투적으로 대답했을 뿐이었다. 그러나 합쳐 봐야 겨우 몇 분 정도에 불과했던 그 짤막한 몇 마디가 가게를 나와 집에 돌아온 뒤에도 계속 마음속에 맴돌며 알 수 없는 반향을 일으켰다. 여기는 뭔가 다르다고 직감한 나는 바로 다음날부터 하루도 빼놓지 않고 매일 얼굴을 비쳤다. 첫 방문했던 날이 수요일이었는데 가게의 휴무일인 일요일만 제외하고 그 다음 수요일까지 일주일 내내 다녀왔으니 그야말로 학교 가듯 출석 도장을 찍었던 셈이다. 그 이후로도 자주 찾아뵈며 술과 바에 대해 궁금한 것들을 질문할 때마다 사장님께서는 하나하나 차근차근 가르쳐 주시면서 배워서 알고 마시면 더 맛있다는 것을, 또 바텐더란 마땅히 공부를 해야 하는 직업임을 누차 강조하셨다. 하루는 다른 손님들이 모두 떠나고 가게 안에 혼자 남은 적이 있었다. 마침 잘됐

다 싶어 당신께서 이 직업을 선택하게 된 계기를 여쭤보았다. 그러자 사장님도 문제될 것이 없다고 생각하셨는지 그동안 지내온 삶의 타래를 천천히 풀어내시기 시작했다.

　대학에서 호텔경영학과를 졸업하고 호텔, 레스토랑, F&B 컨설팅 등 여러 현장에서 경험을 쌓은 그는 2001년 자신의 닉네임을 딴 미스터 사이몬 바를 오픈했다. 첫 시작은 신천이었고 압구정 로데오로 자리를 옮겨온 것은 2014년부터라고 한다. 처음에는 화려한 묘기나 퍼포먼스를 통해 손님들에게 볼거리를 제공하는 플레어(Flair) 스타일의 바텐딩과 칵테일에 주력했고, 가게 내부는 만석 기준으로 100명 가까이 입장할 수 있을 만큼 규모가 컸다. 내친 김에 신천 시절 매장의 설계 도면을 꺼내 보여 주셨는데 가게 입구에 분수대까지 설치할 정도였다니 업장 크기가 어마어마했을 것 같다. 영업시간은 무려 오후 4시부터 새벽 4시까지였는데 그런 만큼 종업원 숫자도 상당했다고 한다. 그 시절에는 길게 길러 늘어뜨린 머리카락을 질끈 묶고 다니셨다는데, 지금처럼 항상 머리를 짧게 정리하신 모습만을 보아온 나로서는 상상이 가지 않았다. 그렇게 가게를 순조롭게 운영해 가던 사장님은 언제부터인가 손님들이 위스키의 참맛을 즐기길 바라는 마음에 싱글몰트 위스키 중심의 몰트 바를 구상하기 시작했다.

당시만 해도 위스키라 하면 발렌타인(Ballantine's)이나 시바스 리갈(Chivas Regal) 같은 블렌디드 위스키를 중심으로 시장이 형성되어 있었다고 한다. 부모님께 워낙 자주 들었던 이름들이라 그런지 그 시절을 모르는 나도 무슨 말씀인지 금방 이해가 갔다. 물론 그때에도 글렌모렌지(Glenmorangie)나 맥캘란(Macallan) 등의 싱글몰트 위스키가 존재하기는 했지만, 대부분 그것에 익숙한 외국인 손님들을 위해 호텔 바에나 구비되어 있던 실정이었다. 이후 2000년대 초반이 되어서야 발베니(Balvenie)나 글렌리벳(Glenlivet) 같은 브랜드가 국내 시장에 정식으로 수입되기 시작했다. 지금으로부터 불과 20여 년 전이지만 대형마트는 물론이고 편의점만 가도 여러 종류의 위스키들이 진열대에 차곡차곡 쌓여 있는 광경이 너무나 당연하게 느껴지는 현 시점 기준으로는 장발 모습의 사장님만큼이나 상상하기 어려운 일이다. 여건이 그렇다 보니 국내에서는 위스키를 주로 다루는 바도 거의 없다시피 했는데, 2010년대 초만 해도 괜찮은 몰트 바라고 부를 만한 곳이 전국에 10여 군데 정도뿐이었다고 한다. 그렇게 불모지나 다름없는 상황에도 사장님은 위스키의 대중화를 위해 다양한 행사를 주최했다.

뿐만 아니라 2006년부터는 한국바텐더협회의 대외

협력국장직을 맡아 재정 회복을 위한 재원 확보와 칵테일 콘테스트 규정 정립 등, 업계의 상황을 개선하고 향후의 토대를 튼튼히 다지기 위한 여러 사업에 관여하셨다. 그 시기의 행적 중 인상에 깊이 남아 잊지 못할 일화가 있다. 한번은 산업인력공단에서 주관하는 조주기능사 시험에 심사위원으로 참석했다가 수험자들이 이발사 자격증 시험장에서 시험을 치르는 모습을 목격했다고 한다. 무슨 연고인지 물었더니 수도관이 설치된 시험장이 따로 없어서 이발한 뒤 머리를 감는 세면대에서 시험을 진행해 왔다는 대답이 돌아왔다. 아무리 그래도 이건 너무하다고 항의하자 공단 측에서는 아예 사장님께 조주기능사 전용 시험장을 만들어달라고 요청하더란다. 이에 사장님은 공단이 제시한 당초 예산 비용을 10퍼센트 가까이 절감하며 멋진 고사장을 지어 주었고, 이를 본 공단 관계자들은 과거에 더 많은 돈을 들이고도 시험장들을 엉성하게 지어놓은 다른 업체들은 대체 뭘 한 것이냐며 놀라더니 급기야 신축한 공간을 자신들의 연말 연회장으로까지 활용했다고 한다.

그동안 들었던 이야기들 가운데 기억나는 것만을 글로 옮겨 놓았지만 이외에도 내가 모르는 수많은 비화가 있을 것이다. 땀 흘려 일구어 놓은 토양에 싹이 트고 열매가 맺히듯, 앞 세대의 개척자들이 열어둔 문화의 장에서 새로운 업적을 이루어 내는 후배 바텐더들을 바라보는 사장님의 마음은 어떠하실지 궁금하다. 비단 술뿐이겠나. 우리가 일상 속에서 당연하게 여기고 누리는 모든 무형의 가치와 유형의 물질은 선대로부터 축적되어 온 고민과 노고의 결과물이며, 무언가를 배운다는 것은 그들의 결실을 받아들여 자신의 발전과 개선을 위한 양분으로 되새기는 과정이다. 안타깝게도 지금 이 글을 쓰고 있는 시점에 미스터 사이몬 바는 압구정 로데오를 떠나 새로운 곳에 자리를 잡기 위해 잠시 문을 닫았다. 비유하자면 방학 중이라고 할 수 있을까. 언젠가 교실의 문이 다시 열리면 서둘러 찾아가 선생님께 인사를 드리고 예전처럼 카운터의 테이블과 의자를 책걸상 삼아 못다 한 수업을 이어가고 싶다.

◯

가끔 술병에 적혀 있는 숙성 연수를 보고 있자면 문득 숙연해질 때가 있다. 술조차도 나무통 속에서 짧게는 수년 길게는 수십여 년의 세월을 보내며 이렇게 훌륭하게 영글었는데 대체 나는 흘러간 세월 동안 무엇을 성취했단 말인가. 그동안 나를 가르쳐 주셨던 모든 선생님들의 얼굴이 떠오르며 부끄러운 마음에 가슴이 저릿저릿하다. 비록 다른 이들에게 귀감이 될 만한 공적을 세울 수는 없겠지만, 그저 딸아이에게만큼은 마음 놓고 의지할 수 있는 좋은 아빠이자 삶의 길잡이가 되겠다는 마음으로 이렇게 한 줄 한 줄 써 내려갈 뿐이다.

주(主)님을 모시는 자와
주(酒)님을 마시는 자

루바토(Rubato)와
신앙

○

    아내는 신실한 개신교 신자였다. 어릴 때는 기분 내킬 때만 교회를 다니는 소위 나이롱 신자였지만 성인이 되면서부터는 본격적으로 믿음에 눈떴다고 한다. 중국에서의 오랜 유학 생활 중에도 한인 교회를 다니며 예배와 행사에 빠지지 않고 참여했다. 그렇게 독실한 크리스천이었던 아내는 암이라는 병마 또한 신의 전능함에 의지해 이겨내고자 했다. 1차 제거 수술 후 재발, 2차 제거 수술 후 전신 전이라는 절망의 구렁텅이에서도 성령의 불길로 암세포를 태워버리겠다며 절실하게 하나님을 부르짖었다.

    이제 그녀는 사랑하는 딸을 이 세상에 남겨두고 그

토록 바라던 천국에서 영생을 누리고 있다.

○

나는 철저한 무신론자였다. 행동의 결정권이 없는 어린 시절엔 어머니 손에 이끌려 반강제로 교회를 다닌 적도 있지만 곧 나의 의지로 그만두었다. 나에게 교회란 그저 잔치국수를 먹고 커피믹스를 홀짝이는 어른들의 무료한 대화가 끊임없이 이어지는 사교의 장으로밖에 보이지 않았다. 그런 나에게 아내가 결혼의 최우선 전제 조건으로 일요일마다 예배에 동참할 것을 요구한 것은 너무나 당연한 일이었다. 이미 예상하고 있던 나는 동의하면서도 함께 다닐 교회만큼은 내가 직접 정하겠다는 추가 조건을 내세웠고 우리는 극적으로 타결에 성공했다.

마침 아는 분께서 근처 교회에 목사로 부임하셨다는 소식을 들었던 터라 그곳으로 아내를 데려갔다. 아내는 목사님의 기품도 설교 말씀도 모두 좋지만 무엇보다도 교회의 규모가 크고 신도 수가 많은 것이 가장 마음에 든다고 했다. 그러나 몇 차례의 수술 후 결국 암세포가 전신으로 번지자 아내는 작은 교회로 옮기기를 원했다. 소수의 인원과 함께 더 열성적으로 신앙생활을 하며 항암 투병의 의지를 다지고 싶다는 것이었다. 사연을 들은 어머니께서 본인의 오랜 지인이 전도사로 활동하고 계신 교회를 소개해 주셨고, 우리는 매주 일요일 아침마다 아이를 데리고 서울에서 남양주를 오가며 예배를 드렸다.

그 모든 신앙의 역정(歷程)에도 불구하고 아내는 죽었다. 나는 이제 다시 교회를 가지 않는다.

아내의 사망 이후로 신과 종교에 대한 거부감은 더욱 깊어졌다. 그러나 그것에 귀의한 사람들까지 맹목적으로 멸시하지는 않았다. 건전한 신앙을 바탕으로 스스로를 경계하며 온전한 삶을 영위하는 이들은 진심으로 존중했다. 어느 순간부터는 절대자에 의지하는 그들의 심정을 조금이나마 이해할 수 있었다. 짓누르는 삶의 무게를 홀로 견디기에는 인간은 너무나 심약한 존재다. 신도들이 예배당에서 서로 교제하며 신을 마주하는 것과 내가 바에서 바텐더와 대화를 나누며 술을 마시는 것은 근본적으로 동일한 행위였다.

그렇게 한창 술에 빠져 지내던 어느 날 교회 전도사로 사역 중이던 친구 S에게 오랜만에 연락이 왔다. S는 내가 요즘 바를 즐겨 다니는 것을 알고 있었다며, 그곳이 대체 어떤 공간인지 궁금하다며 나를 따라 방문해 보고 싶다는 의사를 밝혔다. 현역 성직자의 난데없는 동행 요청에 나는 적잖이 놀랐다. 교단에 몸담은 이들의 규율이나 금기에 대해 전혀 아는 바가 없는 나로서는 워낙 믿음이 깊은데다 동역 중인 전도사와 결혼까지 한 그 친구가 '바'

라는 단어를 입에 담는 것만으로도 지옥 불구덩이에 떨어지는 것은 아닐까 걱정이 되었다. 물론 그것은 나만의 착각이었다. S는 스스로를 호기심 많은 경험주의자라 칭했다. 사회적, 윤리적으로 비난받을 행위나 교리에 어긋나는 일만 아니라면 신도들의 삶을 깊이 이해하기 위해 다양한 체험을 마다하지 않는다며 나의 우려를 덜어 주었다. 다만 사역자라는 직책상 술을 마실 수 없는 것만은 이해해 달라며 양해를 구했다.

혼자 마실 때에는 마음대로 시간과 장소를 정할 수 있지만 누군가와 함께 마실 때에는 상대방의 취향이나 자택까지의 거리, 상황의 특수성 등 고려할 사항이 의외로 많다. 어쨌든 동행한 이가 진심으로 즐기고 만족해야 지켜보는 나도 마음이 편안하니까. 그러니 바는 가 보고 싶지만 술은 마실 수 없는데다 심지어 차까지 끌고 온다는 현직 전도사를 대체 어디로 모셔야 할지 머리가 복잡해졌다. 녀석도 녀석이지만 이후에 당일의 경험담을 소상히 전해 들을 것이 분명한 사모님의 평가까지 감안해야 했다. 잠시 고민하던 중 적격인 장소가 문득 떠올랐다. 가게의 위치나 음료와 같은 외적인 부분은 물론이고, 무엇보다 그곳에는 신의 사도로서 항상 고개를 들어 하늘을 바라보는 그에게 꼭 보여주고 싶은 것이 있었다. 생각을 정리하자마자 곧바로 S에게 전화를 걸어 약속 일시를 확정했다.

금요일 오후의 지하철은 언제나 그렇듯 탑승객이 빽빽이 들어차 있었다. 저 많은 사람들 중 교회 전도사와 바에 앉아 술 마시러 가는 사람은 아마 나밖에 없겠지. 상념에 빠진 채 흔들리는 열차의 리듬에 몸을 맡겼다. 평소와 마찬가지로 가게와 가장 가까운 마포역이 아닌 한 정거장 앞 공덕역에서 내려 지상으로 나왔다. 짧은 거리를 이동하기 위해 굳이 노선을 갈아타기보다는 가게 인근 거리의 풍경과 그곳에 있는 사람들의 모습을 눈에 담으며 걸어가는 편이 더 흥취가 돋는다. 술을 맛있게 마시기 위해 분위기를 고조시키는 일종의 의식이라고나 할까. 거대한 빌딩 숲 사이를 가로지르며 한강변을 향해 뻗어나가는 마포대로를 따라 걷다 보니 어느덧 강바람 소리가 귀를 스쳤다. 이어서 마포대교 초입에 이르러 차분한 분위기의 인적 드문 골목길로 들어서자 목적지가 바로 눈앞에 보였다. 약속시간까지 잠시 여유가 있어 거리에 선 채로 마음을 가다듬으며 주님의 종을 맞이할 준비를 마쳤다.

초행길인 만큼 헤맬 거라 예상했던 S는 정말 신의 가호라도 받는 것인지 영업 개시 시각에 정확히 맞춰 도착했다. 손에 성경책만 안 들었지 누가 봐도 교역자 티가 나는 그를 바의 입구로 안내하고 있자니 저 유명한 시편의 구절처럼 쉴 만한 물가로 인도하는구나 싶어 웃음이 나왔다. 손잡이 없는 큼직한 문 앞에서 잠시 걸음을 멈추고 S에게 한 가지 장난스러운 부탁을 했다. 이유는 나중에 알려줄 테니 일단 입장한 뒤에도 눈을 오른쪽으로 돌리지 말라는 것. 문을 열고 들어서자 따뜻한 5월의 봄 햇살이 가게 안을 은은히 비추고 있었다. 우리는 옅은 청록빛깔의 널찍한 카운터 좌석에 앉아 메뉴판을 열고는 알코올이 들어가지 않는 칵테일 리스트를 정독하며 무엇을 시킬지 한참 고민했다. 남자가 마실 술을 정하느라 그렇게 오랜 시간을 들인 건 처음이었다. 이윽고 주문을 마친 뒤 비로소 S에게 뒤를 돌아보라고 했다. 별 생각 없이 고개를 돌린 녀석의 입에서 나지막이 탄식이 흘러나왔다. 그는 내가 어째서 그런 당부를 했는지 분명히 이해했다는 표정을 지으며 다시 내게로 눈을 돌렸다.

○

다소 생소한 상호명인 루바토(Rubato)는 '연주자가 자신의 감정에 따라 박자를 자유롭게 조절하는 부분(Tempo Rubato)'이라는 음악 용어에서 따온 이름이다. 고상한 뜻이지만 악기를 다루기는커녕 악보 위의 음표 하나조차 못 읽는 문외한인 내게는 '자유'라는 단어만이 기억에 남았다. 바를 시작하기 전에는 피아노를 전공했다는 사장님의 이력을 듣고 나면 가게의 명명 동기와 구성에 절로 고개가 끄덕여진다. 메뉴판의 삽화도 내부의 장식품도 모두 피아노와 관련된 것들인데다가, 가게 한편의 간이 무대에는 공간의 전반적인 밝은 색감과 분위기 덕분인지 무게감보다는 발랄함이 느껴지는 그랜드피아노 한 대가 자리를 잡고 있다. 음악과는 담을 쌓고 살아온 나는 그 피아노를 볼 때마다 벌벌 떨면서 리코더를 붙잡고 엉망진창인 음색을 뽑아냈던 초중고 시절의 음악 시간이 떠오른다. 고등학교 2학년 때의 마지막 기말시험 과제는 〈오 솔레 미오〉를 이탈리아어로 부르기였는데, 같은 반 학생들 중 나 혼자만이 기어코 시험을 치르지 않고 학창시절 최후의 음악 실기 성적을 0점으로 마무리했다.

음악적인 요소 외에도 몰트 바라는 명칭답게 다양한 위스키들이 가득 찬 진열장이 구경하는 이의 눈을 즐겁게 하지만, 무엇보다도 방문객들의 이목을 단박에 휘어잡는 것은 창 너머로 펼쳐지는 압도적인 풍경이다. 레일을 따라 정렬해 있는 접이식 창문을 차례차례 열어젖히면 탁 트인 하늘과 함께 강 건너 여의도의 전경이 파노라마처럼 전개된다. 63빌딩부터 국회대로 어귀에 이르는 거대한 정경(政經)의 집합체가 그려내는 정경(情景)을 바라보고 있노라면 뭐라 형언할 수 없는 감정이 밀려든다. 다만 나의 첫 방문은 그런 감동과는 거리가 멀었다. 앞서 다른 가게에 들렀다가 쫓기듯이 밤늦게 찾은 그곳의 창문은 가을 찬바람을 막기 위해 닫혀 있었고, 이듬해 봄 무렵 아쉬운 마음에 다시 찾아간 뒤에야 푸른 하늘 아래 광활하게 펼쳐져 있는 그 장관을 눈에 새기고 돌아올 수 있었다.

잠시 회상에 빠져 있는 사이 주문한 음료가 나왔다. 금요일 오후 6시, 오픈 직후의 사람 하나 없는 바에 앉은 두 명의 30대 남성 앞에 위스키와 무알코올 칵테일이 나란히 놓여 있는 것도 어떤 의미에서는 진기한 광경이었다. 우리는 각자의 일용할 양식을 들이키며 남자들만의 시시콜콜한 대화를 이어갔다. 전도사라는 이유로 믿음과 천벌에 대한 장광설을 펼친 것도 아니요, 이런 책 쓴다고 해서 술 얘기만 잔뜩 늘어놓은 것도 아니었다. 나는 그에게 두 전도사 내외가 함께 꾸려 나가는 결혼 생활에 대해 물었고 그는 나에게 아빠와 어린 딸이 함께 놀며 추억을 새겨 나가는 나날에 대해 물었다. 바에서 주고받는 대화란 반드시 거창하거나 심오한 주제를 애써 붙잡을 필요 없이 서로의 가장 일상적인 삶의 모습을 진솔하게 공유하면 그만이다.

어쩌면 S가 나를 찾아온 이유는 단지 바를 구경하기 위해서만은 아니었을지도 모른다. 아내가 세상을 떠난 뒤로는 모임에 참여하지도 않고 오로지 술만 찾아다니는 이 친구가 혹여나 알코올에 빠져 가정을 파탄내지는 않을까 염려되어서 내가 드나드는 이 '바'라는 공간의 실체를 직접 목도하고자 호기심이라는 이유를 대고 심방했던 것은 아니었을까. 자기 일도 아닌데 뭐 하러 그런 수고를 들이냐고 반문할 수도 있겠지만 그것이 성직이라는 소명을 부여받은 자들의 소임이다. 설령 그에게 그런 의도가 없었다 하더라도 오히려 내 쪽에서 먼저 내가 이렇게 온전한 정신으로 즐겁게 살아가고 있음을 보여주고 싶었다. 나아가 늘 신도들을 위해 기도하고 설교 말씀을 준비하면서 한 가정의 가장 역할까지 수행해야 하는 너의 마음이 행여 지쳐 있는 건 아니냐며, 오히려 내게는 너의 사정을 헤아릴 정도의 심적인 여유가 있다며 교만함을 드러내려는 마음도 다분했던 것 같다. 어찌 되었든 간에 우리는 그렇게 한참 동안 이야기를 나눈 뒤 자리에서 일어나 다른 바를 두 곳이나 더 방문하고 나서야 밤늦게 각자의 집으로 돌아갔다.

　　그로부터 며칠이 지나고 S에게 다시 연락이 왔다. 그때 그곳에서 마셨던 술 아닌 술의 맛이 계속 떠올라 아내를 데리고 다시 방문하고 싶다는 것이었다. 나는 언젠가 그날이 온다면 반드시 내게도 알려 달라고 농담을 건넸다. 그와 동시에 나의 의도가 어느 정도 전달된 것 같아 마음이 놓였다. 인간은 누구나 기대어 살아갈 무언가가 필요하다. 번잡한 일상에 지쳐 구석에 몰리더라도 다시 조각난 마음을 이어 붙이고 삶에 활력을 불어넣어 주는 그 무언가를 찾아야 한다. 이 지점에서 우리는 동일한 피난처에 도달한 것이나 다름없었다. 그가 신앙을 통해 안식을 얻었다면 나는 공허한 마음을 바와 술로 채웠을 뿐이다.

○

신앙이란 '믿다(信)'와 '우러르다(仰)'로 이루어진 말이다. 두 단어 중에서도 '우러르다'의 말뜻이 재미있다. '존경'이나 '공경'의 의미가 가장 먼저 등장할 것 같지만 사전에 등재된 단어의 뜻을 살펴보면 의외로 첫 번째는 '위를 향하여 고개를 쳐들다'로, 두 번째가 '마음속으로 공경하여 떠받들다'로 기재되어 있다. 아무래도 숭상하는 존재 앞에서는 스스로 낮은 곳에 임하며 자연히 고개를 들어 바라보기 때문인가 보다. 우리 삶 속에서도 진심으로 존경하는 인물을 대할 때면 나도 모르게 자신을 낮추고 상대를 우러러보게 되는데 하물며 초월적 존재인 신 앞에서는 오죽하겠는가.

그런 하나님을 섬기는 청지기이자 기적의 자취를 좇는 그에게 내가 전하고자 했던 메시지는 매우 단순했다. 그가 두 눈을 위로 향하고 주님을 영접하며 받는 구원과 내가 바텐더와 마주보고 술을 마시며 얻는 위안은 결코 다르지 않다는 것, 비록 우리의 시선이 향하는 방향은 정반대일지라도 그 수직과 수평의 시선이 교차하며 그리는 마음속의 십자가는 동일하다는 것, 그리고 그가 설파하는 경건한 복음(福音)과 내가 향유하는 건전한 복음(福飮)은 한가지나 다름없다는 것. 그것은 오로지 나 자신의 체험에서 비롯된 가장 세속적인 형태의 간증이었다.

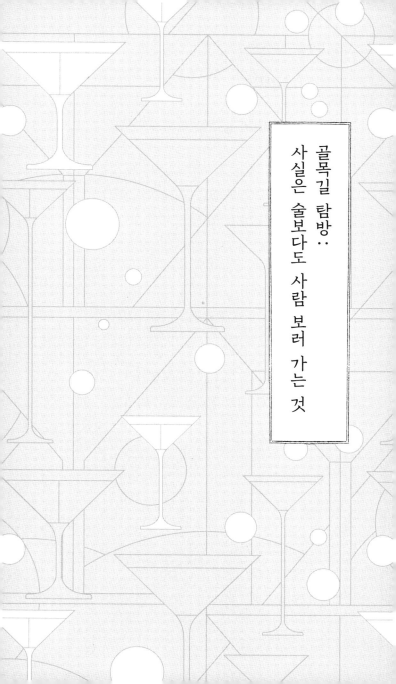

골목길 탐방··
사실은 술보다도 사람 보러 가는 것

바람과
모험

○

　어릴 적 초등학생 교육용 만화에서 읽었던 '서울은 만원이다'라는 글귀가 유독 기억에 남는다. 만원(滿員)이라는 말의 뜻도 모를 때 접했던 표현인데 왠지 원출처가 있지 않을까 싶어 검색해 보았더니 역시나, 소설가 이호철이 1966년 동아일보에서 연재했던 연작 소설의 제목이었다. 줄거리를 보니 시골에서 무작정 상경한 주인공이 변변한 일자리를 잡지 못하고 결국 몸을 파는 신세로 전락했다가 서울이라는 도시에 환멸을 느끼고 다시 시골로 돌아간다는 서글픈 내용의 작품이라 한다. 비좁은 공간에 인간이 몰려드니 작가들의 단골 소재인 거대 도시의 비극이 일어날 수밖에 없다는 의미였을까.

그런데 작품 소개를 읽던 중 문득 궁금한 점이 생겼다. 소설의 집필 연도인 1966년에 비해 오늘날 서울 인구는 얼마나 증가했을까. 또 대한민국 국토 가운데 수도 서울이 차지하는 비중은 얼마나 될까. 호기심에 인터넷을 찾아보니 마침 국가통계포털(KOSIS)에 알맞은 자료가 올라와 있었다.

	전국	서울	총 인구 대비 서울 인구 비율
1966년	약 2,915만 명	약 379만 명	약 12%
2024년 2월	약 5,130만 명	약 938만 명	약 18%

	전국	서울	총 면적 대비 서울 면적 비율
행정구역	약 1,000억㎡	약 6억㎡	약 0.6%
도시지역*	약 260억㎡		약 2.3%

*도시지역: 행정구역 중 주거단지와 상공업지구가 주로 조성되어 있는 지역

　　한눈에 보이듯 서울의 인구는 지난 58년 동안 약 559만 명 가까이 늘어났다. 현재 기준으로 보면 전체 도시 면적의 약 2퍼센트에 불과한 땅에 전체 인구의 18퍼센트가량이 밀집해 있는 셈이다. 25개의 자치구와 467개의 법정동으로 이루어진 이 복잡다단한 무대 위에서 수많은 배우들이 서로 몸과 마음을 부대끼고 날카롭게 소리를 지르며 매일 새로운 드라마를 엮어 나간다.

○

　나는 몇 년 전까지만 해도 내가 태어나고 자란 서울이라는 도시가 품고 있는 다양한 얼굴과 이름들을 알지 못했다. 학창시절은 물론 대학에 가서도 집과 학교와 학원만을 다람쥐 쳇바퀴 돌듯 왕복했으니 그럴 만도 했지만, 애초에 내게 필요한 것 외에는 전혀 관심을 가지지 않는 성격 탓이 더 크다고 해야겠다. 그렇게 수십 년 동안 필수 생활 반경 동선을 벗어나 본 적이 없던 녀석이 난데없이 술을 마신답시고 집밖으로 튀어나가 온갖 골목을 헤집고 돌아다녔으니 부모님께서 놀라신 것도 당연하다. 어쨌든 바 탐방이라는 숭고한 목적 덕분에 나는 서른 초반이 되어서야 '은평구'나 '문정동' 같은 동네들의 지명과 위치를 몸소 익힐 수 있었다. 아직 왕래하지 못한 지역도 많지만 백지나 다름없던 예전에 비하면 이 정도만 해도 장족의 발전이다. 오죽하면 내가 결혼을 하고 직장을 잡고 손녀를 품에 안겨드렸을 때에도 별다른 말씀이 없으셨던 어머니께서도 아들놈이 드디어 지도 없이 서울 지리를 가늠하는 모습을 보시고는 "이제야 사람 됐네!"라며 놀라워하셨다. 다만 이곳을 벗어나 지방으로 눈을 돌리면 여전히 깜깜한 상태인데, 여섯 살배기 딸아이를 위해 벽에 걸어 두었던 유아용 대한민국 전도가 내게 더 도움이 되고 있다는 사실이 스스로 생각해도 우습기만 하다.

바를 찾아다니는 과정에서 새롭게 알게 된 사실이 하나 더 있다. 그 동네만의 고유한 동명(洞名) 외에도 지역 분위기나 주변 상권의 특징을 반영한 수없이 많은 이명(異名)이 존재한다는 것이다. 예를 들어 한약재 유통의 중심지인 제기동의 '서울 약령시(藥令市)'라든가 중고 가구점이 몰려 있는 이태원의 '앤틱가구거리' 또는 장충동의 '족발골목'이나 신당동의 '떡볶이 상점가'와 같이 근방의 가게들이나 장터에서 주로 다루는 상품이나 먹거리를 이름으로 삼거나, 용산구의 '열정도'처럼 거리의 문화적 특성을 살린 재미난 별칭을 짓는 등 명명방식도 각양각색이다. 백화점이나 프랜차이즈 같은 초대형 브랜드 매장에서 받는 안정감에 익숙한 내게는 지도상에 표기된 그 이름들이 너무나 생소하면서도 매력적으로 보였다. 한번은 그런 별칭들이 어떤 행정 절차를 거쳐 결정되는지 궁금하여 몇몇 구청에 전화를 걸었던 적이 있다. 그러나 어느 곳에서도 뚜렷한 답변을 듣지는 못했다.

누구든지 이전에 가본 적이 없는 곳을 방문한다면 사전에 이동 경로를 찾아보겠지만 나는 가는 길을 조금 과할 정도로 확인하는 편이다. 가령 집에서 차를 몰고 지방에 간다면 며칠 전부터 인터넷 지도를 열고 집에서 행선지에 도착하기까지의 경로를 로드뷰 사진을 보며 일일이 머릿속에 넣어 둔다. 분기점에 다다라서는 몇 번째 차선을 타야 하는지, 톨게이트는 어떻게 생겼는지, 기억해야 할 표지판이나 주변 경관은 무엇인지 등을 꼼꼼하게 체크해야 안심이 된다. 물론 돌아오는 길도 마찬가지다. 그동안 숱하게 치렀던 중간고사와 기말고사는 왜 그렇게 준비하지 않았는지 원. 아무튼 미지의 장소에 갈 때면 이렇게 도에 지나칠 정도로 예습을 해야 비로소 마음이 놓이는데 이는 바를 다닐 때에도 별반 다르지 않았다. 지하철이나 버스는 어떻게 환승해야 하는지, 소요 시간은 어느 정도인지, 정류장에 내려 도보로 이동할 때는 어떤 건물 앞에서 어느 길목으로 들어가야 하는지 등을 세세하게 확인하고 나서야 집을 나섰다. 그러고는 정작 가장 중요한 영업 여부를 확인하지 않은 채 신나게 달려갔다가 폐점한 가게 앞에 우두커니 서 있던 적도 있었지만 지나고 나니 그 또한 추억거리다.

아무리 가는 길을 열심히 공부했다 해도 낯선 동네에 처음으로 발을 들일 때만큼 긴장감과 설렘이 고조되는 순간도 없다. 익숙하지 않은 것을 보고 듣고 즐기는 것이 여행의 진정한 묘미라지만 수십 년을 터전 삼아 살아온 고향의 색다른 모습을 마주하며 마음이 들뜨는 것도 나름 유의미한 경험이었다. 그중에서도 일반적인 거리와는 달리 동네 자체가 특별한 콘텐츠를 담고 있어 신선한 체험을 선사했던 곳이 한 군데 있다.

이름만 들어도 묘한 매력이 느껴지는 바람은 강동구의 대표적인 지역특화거리인 성내동 강풀만화거리의 끄트머리 한 구석에 자리 잡고 있다. 처음 거리를 방문했을 때는 그냥 어딘가에서 많이 본 듯한 그림이 있다고만 여기고 별 의미를 두지 않았는데, 나중에 찾아보니 상당히 오랜 기간과 막대한 금액을 들여 진행한 경관 정비 사업의 결과물이었다. 그만큼 지역의 상징으로 대우받는다는 것을 알 수 있는데, 예컨대 버스 정류장 이름은 '강동역-강풀만화거리'로 명기해 놓은데다 강동구청에서는 '만화벽화 해설사'라는 도슨트 프로그램도 운영하고 있다. 골목 사이사이를 장식하는 벽화들을 지나쳐 가는 동안 오래된 점포들이 번갈아 등장하는 모습을 보고 있자니 문득 어린 시절 자주 들렀던 집 앞 구멍가게 생각이 났다. 나는 가게 입구에 깔아 놓은 형형색색의 주전부리들 중에서도 얇은 비닐 포장에 쌓여 있던 가락엿을 자주 사먹었다. 가격을 물을 때마다 "500냥이다!"라며 웃으시던 주인아저씨의 얼굴이 지금도 어렴풋이 떠오른다. 그랬던 가게들과 제과점이 빠져나간 빈자리엔 이제 편의점과 공인중개사 사무소가 줄줄이 들어차 있다. 그래 이것도 변화라면 변화지. 옛 추억에 잠긴 채로 가만히 걷다 보면 어느새 가게 입구가 눈앞에 나타난다.

참 많은 바들을 다녀보았지만 바람만큼 외관이 독특

한 곳도 드물다. 벽돌을 촘촘히 쌓아올린 오래된 건물의 노쇠한 붉은빛, 둥그런 처마 밑을 포장지처럼 덮은 새카만 외벽, 벽의 정중앙에 박혀 있는 샛노란 출입문의 색상 대비가 강렬한 인상을 풍기며 시선을 휘어잡는다. 어쩐지 우아하게 포장해 놓은 고급 카스텔라처럼 보이기도 한다. 문을 열고 들어서면 캐주얼한 양식당 같은 분위기의 테이블에 잠시 눈이 머무르다가도 이내 위스키들로 가득 차 있는 진열장으로 자연스레 시선이 이동한다. 가지런히 정리되어 있는 병들의 면모만 봐도 술에 대한 가게 주인의 애정이 느껴지는 아름다운 보물 창고다. 허나 술도 술이지만 내가 이곳을 좋아하는 이유는 따로 있다.

이제 곧 문을 연지 5년 차에 접어드는 바람의 첫 시작은 마냥 순탄치만은 않았다고 한다. 아무래도 클래식한 스타일의 바가 전무했던 지역이다 보니 중장년층의 손님들은 만취한 상태의 취객이거나 말상대 또는 술시중을 위한 아가씨를 찾기 일쑤였고, 젊은 층도 이런 형식의 바에 익숙하지 않은 경우가 대부분이었다. 그러나 차차 시간이 지나면서 방문객들의 면모가 차츰 달라지기 시작했다. 동네 사람들의 인식도 점차 개선되었고 알음알이로 찾아오는 손님도 계속 늘어났다. 이제는 술의 맛을 즐기러 문을 여는 사람들로 자리가 가득 차는 경우도 제법 많아졌다고 한다. 이 모든 것이 가게 주인의 도량과 영향력이 빚어낸 결과다. 거리가 멀다는 핑계로 자주 들리지는 못하지만, 척박한 불모지와도 같은 땅을 차분히 가꾸어 비옥한 전답으로 바꾸어 놓은 주인장을 마주할 때마다 마음속 깊은 곳부터 존경심이 우러난다. 가끔 주변에서 그렇게 바가 좋으면 직접 가게를 차리라는 말을 듣기도 하는데 나는 그럴 만한 그릇이 아니라는 것을 스스로 잘 알기에 감히 시도할 생각조차 없다.

◯

취향에는 정답이 없다는 말이 곧 정답이듯이 바를 좋아하는 이유도 사람마다 천차만별이다. 그저 분위기가 좋아서, 고층에서 바라보는 경치에 끌려서, 기가 막힌 칵테일이나 휘황찬란한 위스키 컬렉션을 맛보기 위해서 등등 선호하는 바는 제각기 다르기 마련이다. 중요한 것은 한번 들렀던 그곳을 몇 번이고 다시 방문하고 싶게 만드는 무언가가 있는지 여부다. 화려한 장식이나 귀청이 떨어질 정도의 음악처럼 자극적인 요소들은 몇 번만 경험하고 나면 금세 질린다. 그러나 카운터 너머 바텐더와 주고받은 진심 어린 몇 마디는 얼핏 심심하게 느껴질지 몰라도 오히려 놀라울 정도로 인상에 깊이 남는다. 물론 항상 그런 것은 아니고 라디오 채널의 주파수를 정확히 맞추어야 선명한 소리가 나듯 대화의 결이 잘 맞는 사람을 만나면 그렇다는 말이다. 소통이 이루어지면 자연스레 감동이 뒤따르고 그것이 마음속에 남아 사라지지 않고 맴돌다가 언젠가는 다시 그를 찾아가게 된다. 어느 시대에나 그래 왔고 앞으로도 그렇듯이 사람의 마음을 잡아끄는 것은 결국 사람이다. 내 앞에 있는 그 사람의 품격의 맛이 깊다면 내 눈앞의 술도 맛이 있을 수밖에 없다. 나 또한 그런 사람을 찾기 위해 서울 곳곳의 바를 그렇게나 정처 없이 떠돌아다녔나 보다. 매일 밤 취한 채 모르는 동네의 골목골목을 쏘다니던 지난 4년간의 여정은 누군가에게는 어리석은 짓으로 보였을 수도 있겠지만 나에게 있어서만큼은 집밖의 내편과 쉼터를 찾기 위해 기꺼이 자임한 즐거운 성지 순례였다.

나의 경우 술 외에는 관심이 없다 보니 다른 업종의 가게에는 들어갈 일이 거의 없지만 "어떤 테마를 정하든 골목 곳곳에서 마주하는 개성 있는 가게와 사람들을 만나는 것은 즐거운 경험이다. 골목은 여행자와 창업자가 쉽게 만나 대화할 수 있고 때론 친구가 되는 공간이기도 하다. 각박한 도시생활에서 학교나 직장 밖의 뜻이 맞는 친구를 사귀는 것은 행복한 경험이다. 골목 친구는 복잡한 이해관계가 얽혀 있지 않은 관계다. 서로를 존중하는 친구가 될 수 있다는 이야기다. 소비자는 자신에게 행복을 주는 골목의 장인을 존중하고, 가게 주인은 자신을 예술가, 장인으로 인정하는 손님을 존중하는 상호작용이 가능한 곳, 그곳이 바로 골목이다."(모종린, 『골목길 자본론』, 다산북스, 2021, 초판 8쇄, pp.30-31) 대형 체인점의 삭막한 계산대와는 달리 사람의 마음과 마음이 만나는 곳이라면 어디에서든지 그런 재미와 감동을 찾을 수 있을 것이라 믿는다.

    늦은 밤 가게를 나와 집으로 돌아가는 길에 아직 영업 중이던 꽈배기 가게에 잠시 들렀다. 집에서 애를 재우고 있을 어머니가 생각나 꽈배기와 찹쌀도넛을 사려는데 주인 할머니께서 그 얘기를 듣고는 남은 것들을 넉넉히 더 챙겨주셨다. 오랜만에 골목길의 정을 느끼며 걸음을 옮기던 중 문득 오래된 주택 건물에 그려진 벽화에 눈길이 갔다. 반가운 표정의 할머니와 할아버지 내외가 버선발로 뛰어나오며 누군가를 반기는 장면이었다. 무슨 의도로 그린 작품인지는 단번에 알아봤지만 내게는 커다란 벽화보다도 오히려 뒤편의 2층 문간에 붙어있는 자그마한 '철거 대상' 스티커가 더 눈에 들어왔다. 좁은 골목길을 빠져나와 대로변에 들어서자 골목 안에서는 보이지 않던, 하늘 높이 솟은 빌딩들과 신축 아파트 단지가 모습을 드러냈다. 차로를 사이에 두고 길게 늘어선 비대칭의 대조를 잠시 바라보던 나는 이내 버스 정류장으로 걸음을 옮겼다.

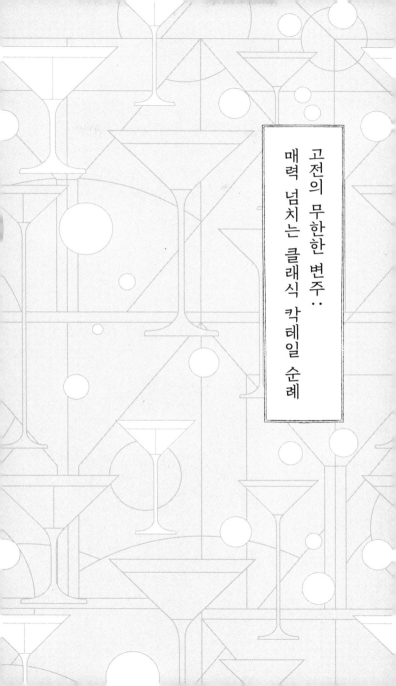

고전의 무한한 변주··

매력 넘치는 클래식 칵테일 순례

칵테일 투어와
탐닉

○

　글을 잘 쓰기 위한 요령으로 사람들 사이에 널리 알려진 문구가 있다. 중국 송나라 시기의 문인 구양수(歐陽修)가 제시했다는 많이 보기(看多), 많이 쓰기(做多), 많이 숙고하고 수정하기(商量多)가 바로 그것이다. 이를 통칭하여 '삼다(三多)'라고 한다. 누구나 살면서 한 번쯤은 들어보았을 만한 내용이라 그런지 비법이라는 듯이 소개하기에도 민망하다. 그러나 이것만큼 글쓰기뿐만 아니라 모든 분야에 통용되는 대원칙도 없다. 자신이 뜻을 둔 일에 대해 다양한 지식과 정보를 두루 습득하고(看多) 나름의 방식대로 꾸준히 시도해 보고(做多) 단점과 미흡한 점은 성찰하여 차츰 개선해 나간다면(商量多) 자연스럽게 수준도

높아지고 좋은 성과를 낼 수 있을 테니까. 물론 타고난 재능에 따라 결과의 차이는 있겠지만 정말로 좋아하는 일에 몰두할 수만 있다면 그런 것은 문제되지 않는다. 다만 이 책의 경우 바 기행이라는 소재의 특성상 집필에 앞서 많이 마시기(飮多)가 필연적으로 선행될 수밖에 없었는데, 덕분에 밤늦게 집에 들어와 어머니께 혼쭐이 날 때마다 취재를 명목으로 간간히 위기를 모면하곤 했다. 그러니 펜을 내려놓고 나면 이제 무엇을 핑계 삼아 마셔야 할지 벌써부터 앞길이 막막하다.

바야흐로 미식 못지않게 미주(美酒)에 대한 열망이 넘쳐나는 시대다. 세간의 열기를 따라 곳곳에서 새로운 바들이 우후죽순처럼 생겨나고 있다. 뿐만 아니라 컴퓨터나 스마트폰만 켜면 인터넷을 통해 한국을 넘어 전 세계 여러 도시의 멋진 바를 손쉽게 찾아볼 수도 있다. 오늘날 각국의 바텐더들은 새로운 기술과 생소한 재료를 거침없이 활용하여 자신만의 개성은 물론 그 나라 특유의 문화적, 향토적 특성을 어필하는 독특하고도 매혹적인 칵테일을 마술처럼 만들어낸다. 바와 술을 사랑하는 술꾼들에게는 온 세상이 놀이공원이나 다름없다. 그런데 처음 방문한 바에 앉아 설레는 마음으로 메뉴판을 살펴보면 특이한 메뉴가 눈에 띄는 경우가 있다. 화려한 문양이나 삽화로 강조한 것이 일반적인 메뉴와 무슨 차이가 있나 싶었는데 알고 보니 바로 그곳에서만 맛볼 수 있는 한정 메뉴라는 뜻이었다. 소위 시그니처(Signature)라 불리는 비장의 무기다. 시그니처 외에도 특별함을 나타내는 다른 표현도 많이 사용한다. 단어의 의미답게 어느 한 가게의 시그니처를 다른 곳에서 주문할 수는 없다. 그것을 만들기 위한 특정한 재료나 비법을 모든 바가 동일하게 공유할 수는 없으니 불가능한 것이 당연하다. 다만 한 바의 바텐더가 다른 바의 초청을 받아 타 지역이나 타국을 방문하여 자신들이 창작한 칵테일을 소개하는 경우는 종종 있다.

시그니처와는 반대로 어느 바의 메뉴판에서도 쉽게 찾을 수 있는, 또는 목록에 없어도 안심하고 주문할 수 있는 칵테일들도 있다. 예를 들어 마티니(Martini)나 모히토(Mojito)같이 대중적으로 널리 알려진 술은 심지어 술을 마시지 않는 이들에게도 친숙하게 느껴질 것이다. 이렇게 범세계적으로 통용되는 부류를 '클래식(Classic)'이라 부른다. 말 그대로 오랜 역사를 지닌 고전적인 칵테일이라는 뜻이다. 그러나 단지 연원이 오래되었다는 이유만으로 클래식으로 간주되는 것은 아니다. 영화나 소설 같은 여타 예술 장르와 마찬가지로 시간과 공간을 초월하여 전 세계 사람들을 감동시켜 온 불멸의 걸작들이 당당히 클래식이라는 명예를 얻었다.

마침 인터넷에서 자료를 찾아보던 중 재미있는 기

사를 하나 발견했다. 클래식으로 인정받기 위한 칵테일의 조건에 대해 현직 바텐더들과 나눈 대담을 정리한 글이었다. 기사에 따르면 매장의 영향력과 트렌드에 대한 적응성 등의 몇 가지 요소들이 조건으로 제시되었지만, 그중에서도 내가 가장 공감했던 요건은 '누구나 손쉽게 구할 수 있는 재료로 간단히 제작할 수 있을 것'이었다.(Alicia Miller, "Defining Classic Cocktails", 「Decanter」, 2023.6.23.) 즉 나만 아는 식의 특수한 원료가 아니라 시중에서 간편하게 구할 수 있는 일반적인 재료를 사용해야 하며, 또 원한다면 누구든지 똑같이 만들어볼 수 있을 정도로 레시피가 간단해야 한다. 바로 이 '재료의 보편성'과 '제조의 간편성'이야말로 클래식 칵테일의 핵심 요소다. 어쨌든 만들기가 쉬워야 나 같은 비전문가도 집에서 무난하게 시도해 볼 수 있으테니 말이다. 맛은 보장할 수 없다만.

계속해서 바의 메뉴판을 읽다 보면 '시그니처'와 '클래식' 외에도 간혹 '모던 클래식(Modern Classic)'이라는 말이 눈에 띄기도 한다. 명칭 그대로 비교적 최근 들어 탄생했지만 사람들 사이에서 선풍적인 인기를 끌며 클래식이나 다름없는 반열에 올라선 칵테일의 범주를 지칭하는 표현이다. 모던 클래식은 대체로 1980년대 이후 등장하여 세계적으로 유명세를 떨친 칵테일들이다. 예를 들어 보드카 에스프레소(Vodka Espresso)라든가 페니

실린(Penicillin) 같은 작품들은 이제 발상지를 넘어 만국의 바텐더와 애주가들에게 두루 사랑받고 있다. 다수의 칵테일 관련 서적을 펴낸 작가 로버트 사이먼슨(Robert Simonson)은 새롭게 창안한 칵테일이 모던 클래식으로 인정받기 위한 기준으로 다음의 세 가지를 제시했다. 첫째, 업계에 종사하는 바텐더들과 술을 좋아하는 술꾼들 모두에게 훌륭한 칵테일로 공인받을 것. 둘째, 반짝 인기를 끌었다가 사라지거나 일부 팬들만 찾는 술이 아니라 많은 사람들에게 보편적으로 사랑받으며 인기를 유지할 것. 셋째, 일부 지역이나 한 나라에서 그치지 않고 세계 전역으로 퍼져 나갈 것.(Robert Simonson, 『A Proper Drink』, Ten Speed Press, 2016, p.5) 이 또한 앞의 기사 내용과 마찬가지로 업계의 실정을 반영한 적절한 준거라 생각한다. 정리하면 전통의 클래식 칵테일과 오늘날의 모던 클래식이 엄청난 파급력과 인지도를 얻을 수 있던 비결은 결국 보편성, 범용성, 대중성이라는 조건을 고루 갖추었기 때문이다. 만들기도 간단한데 맛까지 훌륭하다면 그 이상 무엇이 필요하겠나.

○

바를 다니던 초기에는 이런 내용을 전혀 모르는 채 메뉴판에서 가장 이름이 멋있어 보이는 것만 골라 짚으며 우악스럽게 밀어넣는 우를 범했다. 그러던 중 일단은 클래식 칵테일을 많이 접해 보라는 바텐더들의 조언을 듣고는 방향을 전환하여 클래식 위주로 탐색을 시작했고, 마침내 나의 입맛에 들어맞는 대여섯 가지를 찾아냈다. 그 뒤로는 새로운 바를 갈 때마다 그 대여섯 종류 가운데 그날의 기분에 따라 끌리는 것을 마시기를 반복했다. 마치 비빔밥을 좋아하는 사람이 유명하다는 비빔밥 가게를 살살이 찾아다니는 것처럼, 밤마다 바의 문을 열며 질리지도 않고 클래식만 마시고 다녔다. 그리고 그 과정에서 새로운 사실을 깨달았다. 클래식 칵테일은 표준 레시피가 있어서 누가 만들어도 큰 차이가 없을 거라고 생각했는데, 실제로는 전혀 그렇지 않았다. 일반적인 조합법은 존재하지만 풀어내는 방식은 사람마다 천차만별이었던 것이다. 간단해 보이는 일일수록 더욱 심오하다더니, 여러 곳을 다니며 동일한 칵테일을 맛볼 때마다 매번 색다른 맛이 나는 것이 너무나 신기했다. 그렇게 셀 수 없이 여러 잔을 직접 마셔보고 나서야 왜 바텐더들이 그렇게 클래식을 강조했는지 비로소 이해가 되었다.

'동공이곡(同工異曲)'이라는 말이 있다. 중국 당나라 시기의 문인 한유(韓愈)의 저술 「진학해(進學解)」에 등장하는 문구로, 동일한 수준의 음악가들끼리도 가락을 연주하는 방식이나 곡에서 전달되는 느낌은 각기 다르다는 뜻이다.(『昌黎先生集』,「卷十二」'雜著') 음악만 그러겠나. 작가의 문체도 화가의 화풍도 바텐더의 칵테일도 마찬가지다. 우리가 예술을 감상하는 이유 또한 일정한 경지에 오른 대가들이 제각기 독특한 표현 기법을 통해 드러내는 그들만의 개성을 탐미하기 위해서일 것이다. 지난 수년 동안 줄곧 클래식 칵테일을 마셨던 까닭도 이와 같다. 백 명의 바텐더가 만든 클래식은 백 가지 다른 맛이 난다. 비록 구시대의 유물처럼 보일지 몰라도 클래식은 바텐더가 자신의 색채를 확연히 드러낼 수 있는 최적의 플랫폼인 동시에 마시는 사람에게 있어서는 만든 이의 성향을 파악할 수 있는 훌륭한 시금석이다.

예를 들어 똑같은 인스턴트 라면도 사람마다 만드는 법이 다른 것과 같다. 물을 끓여 면을 삶는 동안 누군가는 콩나물과 대파를 넣고 누군가는 분말스프를 절반만 넣는 등 취향에 따라 만드는 방식은 모두 상이하다. 어떤 사람은 유분기를 빼기 위해 냄비 두 개에 동시에 물을 올리고 한쪽에서만 면을 삶다가 기름이 뜬 물을 버리고 다른 냄비로 면을 옮겨 이어서 끓인다고 한다. 진정한 장인정신이다. 집에서 라면 하나 끓여먹는 데도 이렇게 경우의 수가 많은데 칵테일 만드는 방법은 당연히 더 다양할 수밖에 없지 않을까. 토대가 되는 술은 어떤 제품을 사용할지, 그 위로 부재료는 어떻게 쌓아 올릴지, 전체적인 밸

런스는 어떻게 조정할지 등등 갈래는 무궁무진하다. 그리고 바텐더란 아주 조금이라도 더 훌륭한 맛을 끌어내기 위해 그 수많은 방법들의 끝자락에서 한 번 더 궁리하고 시도하는 직업이다. 치열한 고민 끝에 도달한 결론에서는 확실히 남다른 무게감이 느껴진다. 그런 점에서 바 기행을 통해 알게 된 사실이 하나 더 있다. 바텐더의 세계에도 엄연히 삼다(三多)가 존재한다는 것이다. 각종 주류 관련 도서와 기사를 보며 정보를 습득하고(看多), 독창적인 방식을 정립하기 위해 부단히 연습하고(做多), 피드백과 수정을 거치며 이상적인 맛을 찾아가는(商量多) 노정이 끝없이 이어진다. 가끔 주변에서 너는 바텐더 할 생각이 없냐는 질문을 받기도 하는데, 그럴 때마다 나는 공부를 싫어해서 안 된다며 손사래를 친다. 그냥 마시는 건 좋지만 골치 아픈 건 사양이다.

혹자는 고작 술 가지고 과장이 심하다며 웃을지도 모르겠다. 그러나 예나 지금이나 사람들은 '고작 짬뽕 한 그릇'을 위해 몇 시간씩 고속도로를 달리고 '고작 우동 한 사발'을 위해 비행기 타고 바다를 건너지 않는가. 맛있는 음식에 대한 갈망은 술에도 동일하게 적용된다. 이 책에 수록한 대부분의 바는 클래식 칵테일 한 잔으로 그러한 갈증을 일시에 해소해 주었던 곳들이다. 다만 이것은 나의 주관적인 시선에서 기록한 소회를 담은 모음집에 불과하다. 누구에게나 좋은 바를 선정하는 각자의 기준이 있기 마련이다. 그렇지만 이제는 바의 메뉴를 살펴볼 때면 밋밋하고 투박한 글씨로 적혀 있는 클래식에도 한 번쯤 눈길을 보내보면 어떨까. 요즘 같은 시대에 왜 그런 고리타분한 걸 마시냐며 지나쳤던 오래된 칵테일 한 잔이 느닷없이 당신의 베스트 픽이 되어 줄지도 모른다.

감각의 향연

올드 패션드(Old Fashioned)와
쾌락

마음 울적한 날엔 거리를 걸어보고
향기로운 칵테일에 취해도 보고
한 편의 시가 있는 전시회장도 가고
밤새도록 그리움에 편질 쓰고파

—마로니에, 〈칵테일 사랑〉

○

한동안 까맣게 잊고 지내다가도 이따금씩 생각나며 나도 모르게 흥얼거리는 노래들이 있다. 서두에 걸어둔 곡도 그중 하나다. 내가 초등학교 1학년이었을 때 나왔던 가요가 내 딸이 초등학교에 입학한 지금도 꾸준히 인기를 구가하는 것을 보면 역시 시대를 초월하는 명곡은 뭔가 다르구나 싶다. 마침 제목과 가사에 모두 칵테일이라는 단어를 담고 있는 것이 지난 몇 년간의 추억과 맞물려서인지 들을 때마다 감회가 남다르다. 하루는 가사를 읊조리다가 문득 노래 속 화자가 부럽다는 생각이 들었다. 그는 울적한 마음을 달래기 위해 할 수 있는 일이 음주 말고도 산책, 전시 관람, 편지 쓰기 세 가지나 있는데 내게는 오직 술밖에 없으니 말이다. 1990년대 초반의 인물이 즐기던 '향기로운 칵테일'이 무엇이었을지, 또 우울한 심경을 이겨내려 얼마나 마셨을지는 알 수 없지만 경험상 짐작컨대 한 잔으로 끝나지는 않았을 것이다.

인터넷에 올라와 있는 음식점 후기들을 읽다 보면 '인생 맛집'이라는 표현을 자주 접하게 된다. 사람마다 기준은 다르겠지만 누구나 가슴 속에 자신만의 충전소 하나 둘쯤은 품고 있지 않을까. 삶이 팍팍할 때면 어김없이 찾아가 다시 살아갈 힘을 채우고 오는 그런 가게 말이다. 내게는 이 책이 곧 나만의 맛집 리스트나 다름없다. 술집만 늘어놓고는 무슨 맛집이냐고 반문할 수도 있겠지만, 아내가 죽은 뒤로는 사람들 앞에서 진심으로 웃어본 적이 없는 내가 긴장을 풀고 마음 편히 웃을 수 있는 공간은 오직 하나뿐이었다. 그 외에 내게 행복을 주는 대상은 한집안 식구와 술친구 말고는 없다.

수많은 종류의 술 가운데서도 내가 가장 좋아하는

장르는 칵테일이다. 하얀 바탕에 색을 덧입히며 수채화를 그려나가듯, 갖가지 재료를 섞어 새로운 맛을 조합하는 과정은 보고만 있어도 매력적이다. 눈앞에 놓인 맛있는 칵테일 한 잔이면 세상의 모든 피로를 잊고 열락에 빠질 수 있다. 그런데 한 가지 의문이 든다. 과연 무엇이 '맛있는' 칵테일일까. 주관적인 취향에 객관적인 잣대를 들이댈 수는 없으니 당연히 정답은 없다. 자기 입맛에 여합부절하듯 들어맞는 그것을 찾으면 된다. 남들은 기피해도 내가 좋다는데 누가 뭐라 하겠나. 우리 집을 예로 들자면, 어머니께서 칼국수를 끓이는 날이면 아버지는 종종 냉장고에서 우유를 꺼내 당신의 그릇에 부어 드시곤 했다. 그래야 고소한 맛이 더 진해진다나. 어릴 때는 도저히 이해할 수 없었지만 돌이켜 보면 그것이 아버지께서 원하시는 칼국수의 정도(正道)일 뿐이었다.

다만 기호의 문제와는 별개로 잘 만든 칵테일은 분명히 존재한다. 나는 바텐더가 아니다 보니 멋있는 전문 용어를 쓰며 설명하지는 못하지만, 그런 칵테일은 한입 베어 무는 순간 맛을 구성하는 모든 요소들이 제각기 경계를 짓거나 튀지 않고 하나로 뭉쳐 완벽한 원을 그린다. 마치 정성스레 깎아 만든, 손아귀에 꼭 맞는 매끄러운 옥구슬을 한 손 가득 움켜쥐는 듯하다. 입 안에서 몇 바퀴 굴리고 삼키면 매혹적인 향미와 여운이 숨길을 타고 한 가득 피어오른다. 관능적이면서도 정갈한 일체감. 술 한 모금이 이토록이나 사람을 뒤흔들어 놓을 수 있다니. 이 맛을 하루라도 더 빨리 알았더라면 하는 후회마저 든다. 그리고 한번이라도 그런 경험을 하고 나면 이제는 돌이 킬 수 없다. 여름에는 시원한 냉면이 생각나고 겨울에는 따뜻한 국물이 그리워지듯, 일상과 인간관계에 찌들어 가 슴이 답답할 때마다 그때 마신 그 칵테일이 계속 눈에 아 른거린다. 더 이상 참을 수 없다.

○

누구나 스트레스를 해소하기 위해 감각적인 쾌락에 흠뻑 빠지러 찾아가는 장소가 있을 것이다. 아니 있어야 만 한다. 어떤 이는 산과 바다로 떠나고 또 어떤 이는 치 킨과 맥주를 들고 TV 앞 소파로 달려간다. 단단히 뭉친 마음의 근육을 풀어줄 수만 있다면 어디든 상관없다. 나 의 경우 집밖으로 나서기는 하지만 다행히 목적지가 그 리 멀지 않다. 지하철에 올라타 홍대입구역으로 향하기 만 하면 된다. 이때 2호선과 경의중앙선 중 어느 쪽을 이 용하는지에 따라 이동 경로의 인구밀도에 엄청난 차이가 나는데, 전자를 택하면 무조건 한 정거장 앞 신촌역에 내 려 조용한 경의선숲길 골목을 따라 걸어간다. 아무튼 사 람 많은 곳은 아무리 해도 적응이 되지 않는다. 타고난 성향이 그런 것을 지금에 와서 바꾸고 싶지도 않다. 행인이 적은 샛길로 들어서서 좁은 포장도로를 따라 걷다 보면 이제 곧 그것을 마실 수 있다는 생각에 벌써부터 입에 침이 고인다. 곧이어 가게가 위치한 건물 앞에 도착하면 조마조마한 심경으로 유리창 안쪽을 살핀다. 불이 켜져 있거나 손님들이 앉아있는 모습이 보이면 안도의 한숨을 내쉬며 한걸음에 달려 올라간다. 반대의 경우는 상상하고 싶지 않다.

도대체 이 장소와 이곳의 주인을 어떻게 설명해야 할지 모르겠다. 가게 이름부터 심상치 않은 올드 패션드 (Old Fashioned)는 '허투루 만들지 않는 훌륭한 칵테일'이라는 뚜렷한 목적의식을 갖춘 칵테일 전문 바다. 소문난 잔치에 먹을 것 없다는 속담처럼 화려한 광고와 미사여구가 그득한 가게일수록 직접 방문해 봐야 실속이 없는 경우가 많은 반면, 겉으로는 소박해 보여도 실제로는 엄청난 내공으로 결코 잊을 수 없는 압도적인 감동을 선사하는 곳들도 있다. 이곳은 그런 진짜들 중 하나다.

올드 패션드는 다사다난한 이력을 지니고 있다. 전해들은 바에 의하면 시작은 상도동 숭실대 앞의 한스 바 (Hans Bar)였다고 한다. 가게 위치는 학교의 정문과 중문 사이 바로 건너편이었는데 아무래도 사장님 입장에서도 모교 근처가 여러모로 마음이 편안했던 듯싶다. 본인의 고백에 따르면 그의 졸업 학점은 4.5 만점에 무려 1.86이었단다. 아무리 봐도 악마와 거래를 통해 평점 평균을 희생하여 칵테일 노하우를 손에 넣은 것이 분명하다. 메뉴는 대학가 술집에 어울리는 주류들로 가득했지만 인터넷상의 후기에 의하면 그중에서도 특히 맥주의 인기가 높았던 것 같다. 어떤 종류의 맥주였을지 궁금했는데 글쓴이가 올려놓은 메뉴판 사진을 살펴보니 역시나, 브랜드 제품 그대로가 아니라 거기에 부재료를 더한 일종의 맥주 칵테일이었다. 비록 직접 가본 적은 없지만 분명 모든 사람들이 즐겁게 마시며 시간을 보낼 수 있는 좋은 가게였으리라 확신한다. 안타깝게도 한스 바는 2015년 여름 전기 설비 누전으로 인해 발생한 화재로 소실되었다. 만약 사고 없이 현재까지 남아 있었다면 이 챕터의 제목도 그 이름을 그대로 따왔을 것이다.

같은 해 11월, 한스 바는 연남동의 한 작은 상가 건물에서 지금의 올드 패션드라는 이름으로 다시 문을 열었다. 사장님 말씀으로는 오래 있을 생각은 없었고 팝업 스토어처럼 잠시 운영하다 옮기려고 했는데 어쩌다 보니 그 자리에 계속 머무르게 되었다고 한다. 그곳을 처음 방문했던 때가 기억난다. 투박한 돌계단을 따라 3층까지 올라가니 짙은 회색빛의 여닫이문이 눈에 들어왔다. 문의 상단에 붙어 있는 진한 검정색 명패에는 가게의 상호와 함께 자신의 지향성을 분명하게 드러내는 'Craft and Classic'이라는 문구가 적혀 있었다. 그것을 보는 순간 '아 오늘 제대로 왔구나!'라는 생각에 입장하기 전부터 벌써 마음이 들뜨기 시작했다. 안으로 들어서니 고성(古城)의 지하실이나 다락방 같은 느낌의 아늑한 공간이 눈에 들어왔다. 노출된 천장에 매달려 있는 작은 샹들리에와 벽에서 돌출된 고딕 풍의 전등이 컴컴한 내부를 은은히 밝히는 가운데, 백 바에 가득 들어차 있는 유채색의 술병들과 순백색의 테이블이 어두운 배경에 녹아들며 묘한 대비를 이루고 있었다. 길쭉한 테이블 위로는 칵테일을 만들 때 사용하는 도구들이 가지런히 정리되어 있었고 사이사이에 놓인 작은 남포등 모양의 촛대 안에서는 홀더에 담긴 양초가 조용히 타오르며 보는 재미를 더해 주었다.

계속해서 가게 안을 둘러보던 중 재미있는 광경이 눈에 띄었다. 백 바 옆의 선반 위로 술과 관련된 내용의 책 수십 권이 위태로운 모양새로 잔뜩 쌓여 있었다. 멀리서는 간신히 제목만 읽을 수 있는 정도였지만 그것만 봐도 자신의 업에 대한 관심과 열정이 고스란히 느껴졌다. 피사의 사탑처럼 기울어진 책더미를 지긋이 바라보고 있으니 사장님이 먼저 말을 건넸다.

"손님은 우리 가게 처음? 저희는 메뉴는 따로 없고

드시고 싶은 거 그냥 말씀하시면 돼요."

　잠시 고민하다가 그래도 이전에 조금은 마셔 봤던, 가게 이름과 같은 명칭의 칵테일 한 잔을 요청했다. 그는 고개를 끄덕이고는 어딘가에서 큰 얼음덩이 하나를 꺼내며 덧붙였다.

　"한 5분 정도 걸릴 거예요. 얼음을 천천히 녹여야 돼서. 우린 다른 칵테일도 느리게 나와요. 나 혼자 있어서 그렇기도 하고 제대로 맛을 내려면 시간이 걸려요."

　맛있는 술을 마실 수 있다면야 얼마를 못 기다리겠나. 괜찮다고 대답하고 준비 절차를 가만히 지켜보았다. 그는 갑자기 칼을 들더니 얼음 덩어리를 작은 정육면체 모양의 큐브로 하나하나 조각냈다. 이어서 독특하게 생긴 큰 유리잔을 앞에 놓고 알 수 없는 재료들과 위스키를 신중하게 계량하여 잔 안으로 부었다. 그리고 조금 전에 잘라 놓은 얼음 두세 개를 잔에 알맞게 채워 넣은 뒤 끝에 작은 스푼이 달린 기다란 막대로 얼음 조각들을 천천히, 아주 천천히 돌려주기 시작했다.
　이윽고 얼음이 살짝 녹을 때쯤 다시 새로운 조각 두어 개와 소량의 위스키를 추가하더니 계속해서 느긋하게 막대를 저었다. 그러면서도 중간 중간 얼음 조각들의 위치를 조금씩 바꿔 가며 마치 방금 목욕을 마친 아기의 몸에 로션을 꼼꼼히 발라주듯 얼음들의 표면을 연갈색 용액으로 촉촉이 적셔 주었다. 고체들이 서로 부딪히며 달가닥거리는 소리가 매력적이었다. 어느덧 내용물의 부피가 적당히 차오르자 그는 오렌지 껍질을 길쭉하게 잘라내어 잔의 테두리에 향을 입히고서 그대로 안으로 밀어 넣었다. 그리고 마침내 내 앞에 코스터를 툭 던지고는 "자 올드 패션드"라는 뭉툭한 한마디와 함께 완성된 칵테일을 내려놓았다. 이 모든 일련의 과정을 넋을 잃고 지켜보던 나는 그제야 정신을 차렸다.

왠지는 모르겠지만 그저 술 한 잔 나왔을 뿐인데 이상하게 긴장이 되었다. 그러나 잔을 들고 한 모금 넘기는 순간 거짓말처럼 긴장감은 사라지고 극도의 쾌감이 전신을 휩쓸었다. 동시에 머릿속에서는 물음표가 끊임없이 이어졌다. '아니 내가 지금 뭘 마신 거지? 올드 패션드라는 칵테일이 이럴 수도 있어? 이 사람 뭔가 특이한 재료 쓰나?' 도무지 이유를 알 수가 없어 혼란에 빠져 있는 내게 사장님이 불쑥 질문을 던졌다.

"칵테일 마실 만해요?"

말을 건네면서도 손은 이미 다음 잔을 준비하는데 한창이었다. 나는 환희와 당혹감이 뒤섞인 채로 나도 모르게 웃음을 터트리며 한마디를 내뱉었다.

"어떻게 이런 맛이 나요?"

그러자 그는 최상의 컨디션에서 최고의 스윙 한 방으로 주자 만루 홈런을 때린 타자와 같은 표정을 지으며 심플하게 대답했다.

"그런 맛이 나야 돼요."

그 뒤로 별다른 대화가 이어지지는 않았다. 그는 다른 손님들을 위해 계속해서 칵테일을 만들었고 나는 조용히 눈앞의 술을 홀짝거렸을 뿐이다. 허나 그것만으로도 충분했다. 칵테일 단 한 모금과 몇 마디의 대화만으로도 올드 패션드라는 바와 이곳의 주인장은 내 마음속에 영영 사라지지 않을 아주 맛있는 각인을 남겼다.

그날 이후로도 생각날 때마다 간간이 들러 칵테일이 지닌 다채로운 매력에 흠뻑 빠져들었다. 주로 추천을 받아 이것저것 마시기는 했지만, 무엇을 시도하든 간에 달콤하면 달콤한 대로 시큼하면 시큼한 대로 또 복잡하면 복잡한 대로 그 맛의 방향성에 맞추어 극상의 결과물만을 만들어 내니 어찌나 신통한지. 비유하자면 그는 맛의 가능성을 최대한으로 끌어내기 위한 일종의 다원 방정식을 체득한 것만 같았다. 나중에 인터넷을 검색해 보고서야 알았지만 그는 업계 내에서도 일명 학구파 바텐더로 불린다고 한다. 기사를 읽다 보니 금방이라도 무너질 듯한 젠가 블록들처럼 쌓여 있던 수많은 책들이 떠올랐다. 그냥 읽기만 했겠나. 조금이라도 더 맛있는 한 잔을 내기 위해 무수히 많은 시행착오를 거쳤을 것이다. 그의 손을 거쳐 나오는 모든 칵테일은 그러한 노력의 결정체다. 기가 막힐 수밖에.

○

환상적인 술맛에 더해 사람들이 이곳을 다시 찾는 이유가 또 하나 있다. 바로 스피커에서 흘러나오는 배경 음악이다. 바에서 트는 음악이 다 거기서 거기 아니냐고 할수도 있겠지만 전혀 그렇지 않다. 대부분의 바는 분위기에 따라 클래식이나 재즈, 혹은 귀청이 떨어질 만큼 높은 음량의 전자 음악을 깔아 놓는 경우가 많다. 그런데 이 가게는 대체 어디서 어떻게 찾아내는 건지 음색도 리듬도 귀에 착착 감기는 것들만 쏙쏙 골라서 재생 목록에 담아 놓는다. 최고의 술안주는 음악이라는 지론을 주창하는 사장님 덕분에 나도 매번 방문할 때마다 취향에 적중하는 노래를 한가득 얻어오곤 한다. 술꾼에게 있어 젖과 꿀과도 같은 맛있는 술과 좋은 음악이 넘쳐흐르는 공간이라니. 이런 지상 낙원이 또 어디 있을까 싶었다.

그랬던 연남동 올드 패션드는 2023년 2월 또다시 문을 닫았다. 이번에는 아래층 가게로 물이 새는 것이 문제였다. 누수의 원인을 도저히 찾을 수가 없자 결국 사장님은 영업을 중단하고 장소를 옮기기로 결정했다. 임시 휴업 공지를 보았을 때 얼마나 허망했는지 모른다. 그만큼 이곳은 나에게 있어 모든 면에서 완벽한 장소였다. 물론 그의 성격상 분명히 멀지 않은 곳에서 다시 오픈할 것이라 예상하기는 했지만 그래도 그 공간에서만 느낄 수 있던 고유한 분위기와 감성을 맛볼 수 없게 되었으니 무척이나 아쉬웠다.

얼마 지나지 않아 같은 해 6월, 올드 패션드는 인근 동교동의 조용한 골목에서 다시 문을 열었다. 당연하지만 새로운 곳에서 재시작하는 만큼 인테리어에 가장 큰 변화가 있었다. 가게 중앙에 허리가 길고 양 끄트머리는 둥글넓적한 모양의 테이블을 배치한 덕분에 이제는 작업대를 벗어나지 않고도 모든 손님들을 상대할 수 있게 되었다. 적색, 녹색, 청색의 삼원색 타일로 장식한 백 바의 조명과 천장에 늘어서 있는 형형색색의 스테인드글라스 형태의 전등은 공간 전체에 생동감 넘치는 색감을 불어넣어 준다. 또한 놀랍게도 가게에 메뉴판이 생겼다. 이제는 상세히 적어놓은 레시피를 훑어보며 자신의 취향에 맞는 한 잔을 목록에서 직접 고를 수도 있다. 물론 예전처럼 원하는 기호나 현재의 기분에 맞추어 추천을 받는 것도 가능하다. 고정 메뉴 외에도 주기적으로 업데이트하는 별도의 메뉴가 있어 방문할 때마다 새로운 이름들을 맛보는 재미도 생겼다. 그야말로 행복 그 자체다.

사실 다른 무엇보다도 이 올드 패션드라는 바를 언제 어느 때나 찾아갈 수 있다는 것 자체가 감사할 일이다. 한 편으로 생각해 보면 이전의 공간들이 화마(火魔)와 수마(水魔)를 모두 겪은 것도 다 하늘의 뜻이 아니었을까. 마치 대장장이가 불에 뜨겁게 달구어 망치질한 쇳덩이를 물에 담금질하여 단단히 벼리는 것처럼, 공간도 사람도 물불을 거치며 더욱 견고하게 자리를 잡은 것이 아닐까 싶다. 물론 나 혼자만의 외람된 생각이다.

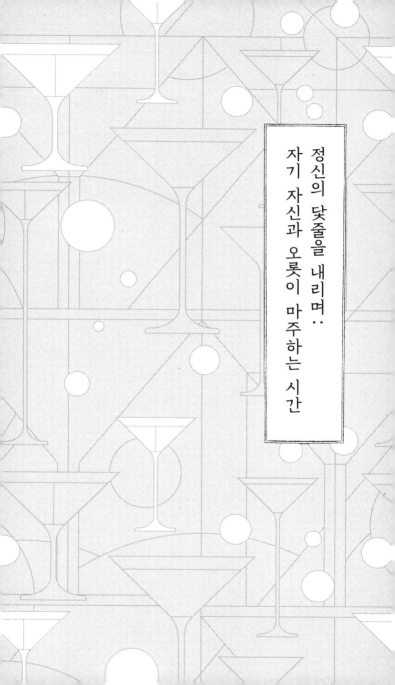

정신의 닻줄을 내리며··
자기 자신과 오롯이 마주하는 시간

시호(時好)와
고독

○

내가 대학에 막 입학했을 무렵 어머니는 내게 혼자 밥 먹는 걸 견디지 못하는 사람은 아무런 업적도 이루지 못한다는 의미심장한 충고를 해 주셨다. 어렸던 그때는 무슨 뜻인지 몰랐지만 세월이 지나고 나니 조금은 알 것 같다. 어느 분야에서 무엇을 하든지 한 사람 몫을 어엿이 수행하기 위해서는 한 가지 일에 뜻을 두고 홀로 침잠(沈潛)할 줄도 알아야 한다는 말이다. 계집애가 공부 많이 해서 뭐 하냐는 핀잔을 듣기도 했지만 혼자 힘으로 다 이겨 내고 화가로서 당당히 자기 이름 석 자를 남긴 그녀다운 가르침이다. 그런데 그런 유익한 격언이나 조언은 왜 항상 젊음과 시간을 허비하고 나서야 뒤늦게 깨닫는 것일까. 현모(賢母)를 두고도 자식은 이 모양이라 늘 부끄러울 따름이다.

　어린 시절 기억 속의 우리 집은 마루에 늘 커다란 화판들이 펼쳐져 있었다. 마룻바닥에 놓인 작은 라디오에서 잔잔한 클래식 음악이 흘러나오는 가운데 어머니는 마치 묵상 기도나 필사 작업에 몰두하는 수도사처럼 조용히 그림에만 집중하셨다. 그런 환경에서 자라서 그런지 나는 혼자 있을 때가 가장 편하다. 안 그래도 내향적인 성격을 타고났는데 절간처럼 잠잠한 집안 분위기에서 형제도 없이 외동으로만 지냈으니 어찌 보면 당연한 결과라고 해야겠다. 나도 사람인지라 처음 만나는 이들이나 친구들과 어울릴 때도 있지만 한두 시간만 지나면 그만 체력도 정신력도 방전돼 버린다. 저 사람이 원하는 것은 무엇일까, 체면을 지키면서 사회성을 발휘하는 척하려면 무슨 말을 해야 할까 등등 고민하는 과정 하나하나가 너무 피곤하다. 다른 이들의 눈치를 보고 싶지도 않고 반대로 그들을 내 기준에 끼워 맞추고 싶지 않다. 만사가 귀찮고 그저 빨리 집에 돌아가고 싶다. 그렇다고 해서 저 유명한 『월든(Walden)』의 저자 소로(Henry David Thoreau)나 TV 프로그램 속의 자연인들처럼 속세를 벗어나 자연 속에 파묻혀 살고 싶은 것도 아니다. 나의 심사를 긁어 놓는 자들과 마주치지 않거나 혹은 최소한의 상호 작용만 할 수 있으면 충분하다. 이렇게 성격이 까다로운 내가 아무런 거리낌 없이 시간과 공간을 공유할 수 있는 이는 오직 어머니와 아내뿐이었다.

미혼인 채로 살고 싶지는 않지만 그렇다고 빨리 결혼할 생각이 있는 것도 아니었는데 이상하게도 아내와 연애를 하며 결혼 생활에 대한 욕심이 커졌다. 혼자도 편하지만 이 사람과 함께라면 마냥 좋을 것만 같았다. 실제로 우리는 내가 보기에도 잘 어울리는 한 쌍이었다. 오래가지 못했을 뿐이지. 돌이켜 보면 왜 그랬나 싶을 정도로 사소한 일로 자주 다투고 기 싸움을 했지만 오히려 그 덕에 감정의 골이 깊어지기보다는 이해의 폭이 넓어졌다. 싸울 거면 차라리 초반에 많이 싸우는 것이 낫다는 말이 왜 나왔는지 알 것 같았다. 그러고 보면 결혼 38주년을 앞두고도 여전히 으르렁대는 우리 부모님은 아직도 서로를 알아가는 단계인가 보다.

결혼 후에도 아내는 박사 학위 과정을 위해 중국에 가 있거나 아니면 수술과 치료를 위해 병원 침상에 누워 많은 시간을 보냈다. 우리가 법적으로 부부가 되었던 기간은 3년이 조금 넘었지만 한집에서 살을 맞대고 지낸 시간은 합쳐 봐야 그 절반밖에 되지 않았다. 전력을 다한 도움닫기에 이어 힘차게 발판을 딛고 뛰어오르는 그 순간에 아내는 죽어버렸다. 차라리 계속 혼자였으면 모를까,

아이까지 있는 상황에서 배우자가 허망하게 떠난 여파는 너무나 컸다.

누군가를 괴롭게 하려면 그를 외롭게 만들면 된다. 주변 사람들에게는 누구보다 아내 본인이 가장 힘들었을 텐데 차라리 잘 되었다며, 이미 예상했던 일이었으니 이 정도는 충분히 감내할 수 있다며 호탕하게 웃기도 했지만, 사실 속으로는 전혀 웃고 있지 않았다. 암세포가 그이의 몸을 서서히 잠식해 갔던 것처럼 아내의 빈자리는 내 마음을 서서히 갉아먹었다. 이 과정에서 나는 의지가 약한 사람들이 으레 그러듯 술에 빠져들며 점점 공격적인 성향을 보이기도 했다. 특히 혼자 마시는 횟수가 지나치게 많아졌다. 장례식이 끝난 뒤로는 일부러 사람들과 연락을 주고받지 않았으니 그럴 수밖에 없었다.

그들이 나에게 잘못한 것은 없었지만 아무와도 만나고 싶지 않았다. 스트레스가 쌓이거나 일이 마음대로 풀리지 않으면 손이 피투성이가 되도록 뭔가를 때려 부숴야 속이 후련했다. 어떨 때는 아무 이유도 없이 분노가 치밀어 오르기도 했다. 한번은 책장에 세워둔 아내의 영정 사진을 보다가 갑자기 울분이 터져 액자를 바닥에 내팽개친 적이 있었는데 플라스틱 프레임과 필름이 어찌나 튼튼한지 흠집조차 나지 않았다. 그 순간 이 여자는 죽어서도 내가 이기지를 못하는구나 싶어 헛웃음이 나왔다.

나는 아내보다도 훨씬 강인했던 그 액자를 그길로 내 방에서 치워버렸다.

짧은 기간이었지만 몸소 체험한 뒤에야 비로소 깨달았다. 술은 슬픔을 덜기 위해서가 아니라 기쁨을 더하기 위해 마셔야 한다는 것을. 그리고 무엇보다도 술은 심신의 고통을 경감시키는 진통제가 될 수는 있어도 상처를 근본적으로 치료하는 약이 될 수는 없다는 것을. 한때는 마음의 문을 닫고 폭음을 일삼기도 했지만, 기분을 풀고 분을 삭인답시고 홀로 들이켰던 모든 독주(獨酒)는 결국 몸도 마음도 상하는 독주(毒酒)가 되어 나 자신을 피폐하게 만들 뿐이었다. 아무리 도망치거나 잊으려 해도 현실이 변할 리가 없었다. 온몸이 새빨갛게 달아오른 채 기절하듯이 침대에 쓰러져 눈을 감았다가 다음날 아침 술 냄새로 가득 찬 방에서 바싹 마른 목구멍으로 올라오는 역한 숨결에 찡그리며 눈을 떠 봐야 죽은 아내는 돌아오지 않았다. 장사한 지 사흘 만에 죽은 자 가운데서 부활한 사람도 있다지만 그것도 다 막강한 아버지가 뒤에 있어야 가능한 일이다. 내게 그런 기적은 일어나지 않았다.

방구석에 갇혀 침울한 나날을 보내던 내가 다시 바깥세상으로 나올 수 있던 것은 모두 막역한 친구 J 덕분이었다. 녀석을 따라 들어간 '바'라는 공간과 그곳에서 접한 칵테일은 자처해서 걸어 잠근 마음의 문빗장을 단번에 열어젖힐 정도로 강렬한 매력을 선사해 주었다. 마침 새롭게 기분 전환이 필요했던 나는 그날을 계기로 서울 곳곳의 바를 혼자 돌아다니기 시작했다. 그리고 그 과정에는 생각지 못한 소득이 있었다. 카운터에 앉아 바텐더들과 짤막하게 몇 마디 대화를 나누는 것만으로도 마음속을 좀먹던 우울증이 조금이나마 해소되는 느낌이 들었다. 세계 평화나 인류 멸망 같은 심각한 주제로 대담을 펼친 것도 아니고 그저 평범한 일상 얘기를 주고받았을 뿐인데 신기하게도 꽉 막힌 가슴속이 시원하게 뚫리는 것 같았다. 직접 가본 적은 없지만 병원의 정신건강의학과나 전문 클리닉에서 상담을 받으며 한바탕 쏟아내고 나면 이렇게 속이 개운해지겠구나 싶었다. 술기운에 토해내는 이야기의 비중만큼 떠안은 짐의 무게가 가벼워지는 그 기분은 글로는 미처 다 표현할 수 없다.

○

모든 사람에게는 좋은 바를 선정하는 자신만의 분명한 기준이 있다. 조용하고 정적인 분위기를 선호하는 사람도 있을 것이고 반대로 신나는 음악을 들으며 시끌벅적하게 대화를 나눌 수 있는 곳을 원하는 이도 있을 것이다. 또 누군가는 그곳에 있는 바텐더의 외모를 중요한 조건으로 따질 수도 있다. 이 모든 것은 단지 취향의 영역일 뿐이다. 나의 경우 소통이라는 요소에 새로이 눈을 뜨면서 바를 즐기는 방식에도 상당한 변화가 생겼다. 탐방 초기에는 화려한 장식이나 가게의 규모처럼 겉으로 드러나는 외면적인 부분에 쉽게 매혹되었다면 어느 순간부터는 내가 그곳에 앉아 있는 동안 내적으로 얼마나 충족감을 얻었는지에 더 중점을 두었다. 천장에 매달린 큼직한 샹들리에나 고급스러운 집기보다는 내 앞에 나온 칵테일이 얼마나 나의 취향에 적중했는지, 또 그것을 내어준 바텐더와의 대화는 얼마나 인상에 깊이 남았는지를 만족의 척도로 삼았다. 그리고 그 두 가지 요건에 부합하는 곳들을 가만히 헤아릴 때면 어김없이 떠오르는 장소가 있다.

　지하철 상수역을 나와 한강변을 향해 터벅터벅 걷다 보면 길의 모양이 재미있다. 평평한 땅을 커다란 국자로 퍼낸 듯 내리막길이 이어지다가 다시 야트막한 언덕으로 올라가는 모양새다. 언덕배기에 다다라 저 멀리 여의도가 보일 때쯤 방향을 틀어 미로 같은 샛길로 들어서면 빌라촌의 좁디좁은 골목길이 나타난다. 서울이라는 거인의 모세혈관이다. 길고양이들이 돌담 사이로 요리조리 순찰을 돌다가 이방인을 발견하고는 호기심 어린 눈초리로 가만히 응시한다. 이런 데에 절대로 바가 있을 리 없지 싶은, 낮에도 밤에도 인적이 드문 적막한 골목 어귀에 독보적인 존재감을 드러내는 바가 살그머니 숨어 있다.

이름부터 색다른 매력이 물씬 느껴지는 이곳은 상호만큼이나 독특한 인테리어 디자인으로 입장하는 이들의 마음을 사로잡는다. 문을 열고 들어서면 새까만 배경 속에 오각형 형태의 테이블이 은은한 조명 빛을 받으며 우뚝 서 있다. 테이블의 다섯 면 각각에 사람들이 하나둘씩 둘러앉아 있고, 중앙의 비어 있는 독무대에서는 바텐더가 홀로 서서 그들을 상대하며 분주히 칵테일을 만들고 있다. 외측 벽면에 내부가 훤히 들여다보이는 큼직한 유리창을 설치한 덕분에 가게 밖에서 보면 마치 호퍼(Edward Hopper)의 〈밤을 새는 사람들〉을 현실에 그대로 옮겨 놓은 듯하다. 직접 봐야만 그 특유의 느낌을 알 수 있다.

처음 방문했던 그날 곧바로 확신했다. 여기야말로 혼술에 최적화된 바라는 것을. 차분히 가라앉은 분위기에서 더할 나위 없이 훌륭한 칵테일 한 잔 시원하게 들이키며 서로의 살아가는 이야기 한마디씩 잔잔하게 주고받는 것. 그 이상 무엇이 필요하겠나. 가게 주인의 나긋나긋한 응대를 안주 삼아 두런두런 대화를 이어가다 보면 어느새 긴장이 풀리고 날이 바짝 섰던 마음속도 이내 누그러진다. 독이 되는 혼술과 약이 되는 혼술의 차이점이 바로 여기에 있다. 사람의 빈자리는 결국 사람으로밖에 채울 수 없다. 가슴속에 상처만 가득한 채 한숨을 뱉으며 삼키는 고독한 혼술은 그저 상실감과 소외감만 증폭시킬 뿐이다. 그

종착점에서 기다리고 있는 것은 고통으로부터의 해방이 아닌 떨쳐 낼 수 없는 자책감과 끝없는 자기 파괴다. 그러니 한 잔을 마시더라도 누군가와 함께 아무 말이라도 나누며 엉겨 붙은 응어리를 풀어야 한다. 그런 의미에서 바는 지친 마음을 챙길 수 있는 최고의 혼술 낙원이다.

술도 술이지만 바에는 다른 무엇보다도 외롭고 쓸쓸한 독락(獨樂)을 함께 웃는 동락(同樂)으로 바꾸어 줄 바텐더가 있다. 홀로 마시면서도 더불어 즐기는 것. 그것이야말로 바의 진정한 묘미다. 아닌 게 아니라 바텐더 입장에서도 적적한 마음 달래고자 찾아오는 혼술 손님은 언제라도 환영이다. 가게의 이름에서도 벌써 드러나지 않는가. 냉혹한 현실에 휩쓸리고 반복되는 일상에 지쳐 혼을 채워줄 혼술 한 잔이 그리운 그 시점에 시호(時好)가 있다.

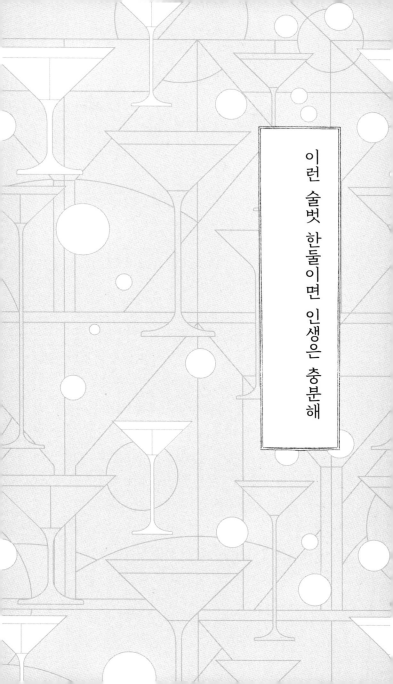

이런 술벗 한둘이면 인생은 충분해

기슭과
우정

◯

　좋은 바를 찾아내거나 맛있는 술을 맛볼 때마다 곧바로 생각나는 두 사람이 있다. 한 명은 예술가답게 주종을 가리지 않고 음주를 즐기시던 풍류객 어머니다. 다만 노년의 건강 관리를 위해 이제는 주류 일체를 완전히 끊으셨기에 아쉽게도 이 즐거움을 함께 누리지는 못하고 있다. 다른 한 명은 나에게 처음으로 이 모든 것에 대해 알려준 친구 J다. 그때 녀석이 나를 집밖으로 데리고 나와 '바'라는 신세계를 체험시켜 주지 않았다면 나는 이렇게 글을 쓰기는커녕 지금까지도 은둔 폐인으로 지내고 있었을 것이다. 그때를 추억하며 술잔을 부딪칠 때마다 J는 내가 이 정도까지 할 줄은 몰랐다며 고개를 절레절레 젓는다.

"가깝게 지내는 친구는 한 손으로 셀 정도면 충분하다." 나의 영원한 멘토인 어머니께서 교우 관계에 대해 일러주신 묵직한 격언이다. 주어를 '함께 술을 마시는 친구'로 바꾸어도 나에게는 완벽한 문장이 된다. 비록 짧지만 인생 살아보니 과연 틀린 말이 아니었다. 핸드폰에 저장되어 있는 수백 줄의 연락처들 중 아무 때나 전화를 걸어 부담 없이 술 약속을 잡을 수 있는 사람은 많아야 네다섯에 불과하니까. 그중에서도 지난 몇 년간의 바 기행에 가장 많이 동참한, 그리고 앞으로의 여정에도 빠지지 않고 동행할 대상은 J뿐이다. 각박한 현실 속에서 취미를 공유할 수 있는 친구가 하나라도 있다는 것이 어찌나 다행인지.

고등학교 1학년 때 처음 만난 뒤로 어느덧 20년 지기가 된 우리는 사실 선호하는 취향도 활동 반경도 완전히 정반대다. 예를 들어 나는 체질상 위스키나 보드카 같은 증류주를 마셔야 하지만 녀석의 주력은 양조주인 맥주다. 내가 경쾌한 리듬의 팝송을 즐겨 듣는 반면 녀석은 화려한 전자 기타 반주가 받쳐주는 강력한 록 음악에 열광한다. 그룹 AC/DC의 열성팬인 그는 취기가 올랐다 하면 그들의 히트곡 〈Highway to Hell〉을 목청이 터져라 부르곤 한다. 그러면 나는 옆에서 '또 시작이구만' 하고 가만히 웃으며 들어 준다. 그 외에도 라이프 스타일 전반에서 극명하게 차이가 나는데도 틈만 나면 서로가 서로를 술자리로 불러내는 이유는 별거 없다. 초저녁에 만나서 새벽녘에 헤어질 때까지 오로지 술 얘기만 주고받을 수 있기 때문이다. 눈앞에 각자의 술잔을 두고도 다른 술을 구경하면서 이전에 마셨던 술들과 앞으로 무엇을 마실지를 쉬지 않고 떠들어댄다. 주변의 누군가가 우리의 대화를 들으면 '시커먼 남자 둘이 앉아서 할 얘기라고는 술밖에 없나 보구나'라며 몹시 측은하게 여길 것이다.

그런 우리의 친분을 가장 못마땅하게 여긴 것은 다름 아닌 아내였다. 남편이 취한 채로 집에 들어오는 꼴을 좋아할 여자가 어디 있겠냐마는 아내의 단속은 조금 심한 편이었다. 술 얘기만 꺼내도 마치 금주법(禁酒法)의 화신이라도 되는 것처럼 불같이 나를 쏘아붙였다. 어떤 구실을 대든 그녀의 답변은 "남편이 술 마시고 실수할 사람이 아니라는 건 알지만 안 돼"였다. 간혹 기회를 얻어 J와 의기투합하는 날이면 저녁 8시 즈음부터 정기적으로 전화를 걸어 빨리 들어오라고 채근하면서 수화기 너머 들리는 목소리로 나의 상태를 체크했다. 독실한 개신교도였던 그녀에게 있어 남편에게 술을 권하는 J는 인간에게 선악과를 먹으라며 유혹하는 뱀이나 다름없는 존재였다. 그랬던 아내는 자신에게 미운털만 단단히 박혔던 그 사람이 자신의 영정사진 앞에서 내 어깨를 붙잡고 고개를 떨군 채 눈물을 흘렸다는 것을 끝내 알지 못했다.

J가 술의 마력에 빠지게 된 데에는 아무래도 부친의 영향이 지대할 수밖에 없었다. J의 아버님은 대한민국 최고위 공무원이자 타의 추종을 불허하는 술꾼이었다고 한다. 녀석에게 전해들은 여러 에피소드 가운데 기억에 깊이 남은 일화가 있다. 하루는 집에서 아버님과 J의 여동생이 가족 술자리를 열었다. 느지막이 귀가한 J도 뒤늦게 합석했고, 그렇게 저녁 9시부터 새벽 3시까지 이어진 광란의 파티는 1.5리터 맥주 7통과 소주 6병, 그리고 위스키 2병이 바닥을 드러내고 나서야 막을 내렸다. J는 늦게 합류한 덕에 전반부의 소주와 맥주는 피했지만 두 사람을 따라 위스키를 원샷으로 꺾으며 잔을 돌리다가 결국 자리가 파함과 동시에 그 자리에서 기절해 버렸다. 그리고 불과 5시간이 지난 뒤인 아침 8시경, 인기척에 잠에서 깬 J의 눈에 들어온 것은 너무나 쌩쌩한 모습으로 출근 준비를 마친 아버지의 모습이었다. 속이 울렁거려 일어날 수가 없던 그는 "나 오늘 국회 출석하는 날이라 여의도 간다"라는 짤막한 한마디를 남기고 태연하게 집을 나서는 부친을 바라보며 타고난 그릇의 차이를 절감했다고 한다. 그 외에도 무궁무진한 무용담은 끊이지가 않았다. 과거에는 행정고시 과목 중에 음주력 측정이라도 있었던 것일까. 재미있게도 그런 환경에서 성장해서인지 J 또한 아버지의 뒤를 따라 공무원이 되었다. 술이라면 자다가도 눈

을 번쩍 뜨는 부자가 대를 이어 공직에 종사하게 되었으니 이거야말로 진정한 대물림이 아닐까. 어쩌면 우리가 죽이 잘 맞는 이유도 각자의 부모님의 성정(性情)을 그대로 물려받아 자신의 삶의 틀을 형성했다는 동질감 때문일지도 모르겠다.

○

평소에 바를 탐방할 때는 혼자 다니지만 누군가와 함께 마시고 싶은 날은 항상 J를 부른다. 특히 내가 다녀온 본 곳들 중 유달리 인상이 깊었던 공간은 꼭 녀석을 대동하고 재차 방문하곤 한다. 나에게 바와 술의 재미를 처음 알려준 은사에 대한 나름의 보은이다. 게다가 아무리 먼 곳까지 불러내도 술 한 잔을 위해 기꺼이 장거리 이동을 마다하지 않을 사람도 어차피 이 녀석뿐이다. 그러니 나로서도 유일무이한 술친구에게 좋은 가게를 잔뜩 소개해 주고 싶은 마음이 가득할 수밖에. 그중에서도 그를 데려가려고 벼르고 또 벼르고 있었지만 마땅한 계기가 없어 차일피일 미루던 장소가 있다. 여러모로 훌륭한 곳임에도 불구하고 위치가 집과 멀리 떨어져 있다 보니 섣불리 말을 꺼내지 못하고 있던 터였다. 그러던 어느 날 마침 더없이 알맞은 시기에 절호의 기회가 찾아왔다.

늦가을이 저물어 가는 11월 중순경 J에게서 먼저 연

락이 왔다. 내가 무조건 마셔봐야 하는 맥주를 손에 넣었으니 주말에 시간을 비워 두라는 것이었다. 내가 체질 때문에 마시지 못하는 건 알지만 녀석은 기가 막힌 맥주를 구할 때마다 항상 나에게도 시음을 권하곤 한다. 그러면 나도 몸에 무리가 가지 않는 선에서 한두 모금 정도는 마셔 보는데, 수준이 높은 제품만 쏙쏙 골라 오는 그의 안목에 언제나 감탄이 나온다. 이번 모임은 내가 정하는 장소와 일정에 맞추겠다는 J의 말에 번쩍하고 그곳이 떠오른 나는 녀석에게 넌지시 의향을 물었다.

"그러면 조금 거리가 있기는 한데 연신내에 기슭이라는 바가 있거든. 한번 가 볼래? 거기가 칵테일도 잘 하고 안주거리도 괜찮고……."

"별로 멀지도 않네. 갑시다."

한 순간의 주저도 없이 흔쾌히 수락하는 모습에 말을 꺼낸 입장에서도 꽤나 놀랐다. 하여튼 우면산 아래 사당역 근처에 사는 녀석에게 뜬금없이 북한산 밑자락 연신내까지 오라고 해도 이렇게 군소리 없이 그러자 하니 어찌나 좋은지. 역시 술은 이런 친구와 마셔야 한다. 그리하여 우리는 저 멀리 불광동을 향해 오랜만에 함께 지하철에 몸을 실었다.

　산등성이를 비스듬히 올려다보는 구석진 골목, 적벽 (赤壁) 같은 건물에 은근슬쩍 녹아들어 있는 기슭은 어른들의 놀이터라는 말이 가장 잘 어울리는 바다. 그곳엔 훌륭한 칵테일이 있고 좋은 음악이 있고 무엇보다 진지하면서도 위트가 넘치는 바텐더가 있다. 일부러 계획한 것은 아니지만 이곳에 가는 날은 희한하게도 우울하거나 기분 나쁜 일이 겹치는 경우가 많았는데, 그럴 때마다 허허허 웃으면서도 야무지게 모든 것을 챙기는 그와 몇 마디 나누다 보면 마음속에 가득 찬 울혈(鬱血)이 어느새 말끔히 사라져 있었다.

　문을 열고 들어선 우리는 카운터 한구석에 자리를 잡고 앉았다. 슬쩍 눈치를 보아하니 다행히 J도 가게의 첫인상이 퍽 마음에 드는 것 같았다. 이런 분위기면 괜찮겠다 싶었는지 녀석은 준비해 온 맥주를 가방에서 주섬주섬 꺼내며 함께 나누어 마셔도 될지 허락을 구했다. 그러자 사장님께서도 전혀 문제될 것이 없다며 빈 잔을 여러 개 꺼내 주셨다. 그러는 동안 나는 테이블 위에 놓인 큼직한 병을 보며 속으로 미소를 지었다. 어두운 갈색 유리병을 감싸는 검은색 인쇄지에 커다랗고 하얀 글씨로 숫자 3이 적혀 있었다. 나는 각자의 잔에 신중하게 술을 따르는 J를 유심히 바라보는 사장님께 웃으며 말했다.

"사장님, 제가 인생 처음으로 바에 들어가 본 날이 저희 와이프 죽기 2주 전이었는데요. 그때 저를 데리고 갔던 친구가 바로 이놈이에요. 그리고 그날부터 딱 만 3년째가 되는 게 바로 오늘이거든요? 아니 이 친구 알려 주지도 않았는데 어떻게 또 이런 병을 구해 왔네!"

잔을 들고 한껏 향을 맡던 J는 그게 오늘이었냐며, 세월이 참 빠르게도 흐른다며 놀람과 탄식이 섞인 감탄사를 뱉었다. 그러자 센스가 넘치는 사장님은 기왕 숫자도 3으로 맞물린 김에 셋이서 쨍 한번 하자고 건배를 제안했고 우리는 웃으며 함께 잔을 부딪쳤다. 유리잔이 맞닿으며 울리는 챙그랑 소리만 들어도 얼마나 기분이 좋던지. 그래 역시 술은 이렇게 마셔야 한다. 그 이후의 일은 잘 기억나지 않는다. 아마도 평소와 다름없이 둘 다 거나하게 취해서는 알딸딸한 상태로 자리에서 일어나 겨우 지하철을 타고 집으로 향했을 것이다.

◯

이렇듯 술과 관련해서는 누구보다도 많은 추억을 공유하는 J는 몇 년 전부터 자신만의 맥줏집을 차리려는 계획을 세우고 있다. 어렵게 합격한 공무원인데 그냥 정년 퇴직까지 안정적으로 월급 받는 게 낫지 않겠냐고 말해 보았지만 녀석은 이미 장장 10년에 걸친 향후 계획을 세워 놓고 확고히 마음을 굳힌 뒤였다. 덕업일치가 당연시되는 요즘 세상이라 해도 자영업이 쉽지 않음을 모르는 사람이 없는 마당에 새로운 도전을 기획하는 그의 용기에 박수를 보낸다. 매일 그만두겠다고 소리치는 놈이 정작 근속 연수만 30년을 채울 지도 모르는데다 혹여 정말로 가게를 연다 해도 날마다 취객과 싸우다 지쳐서 포기하지는 않을까 걱정되기도 하다만, 지금으로서는 녀석의 백년대계를 가만히 응원할 뿐이다. 사실 내게 있어서도 전혀 나쁠 게 없다. 가게 문 벌컥 열고 들어가 다짜고짜 사장 나오라고 외치며 장난칠 수 있는 술집 한 군데쯤 있으면 그것도 좋지 않겠나.

Sip it, Don't shoot it :
그때 우리가 처음으로 마셨던 술은 뭐였을까

더 팩토리(The Factory)와
성장

◯

　지하철 공덕역 근방 아파트촌에는 '팩토리'라는 이름을 공유하는 두 곳의 바가 있다. 하나는 경의선 숲길 공원을 따라 길게 이어지는 산책로에 위치한 '팩토리 엠(M)', 다른 하나는 건너편의 아소정(我笑亭) 소공원 앞에 있는 '팩토리 정(亭)'이다. 그리고 이들의 모태가 되는 가게가 또 하나 있었으니 2009년 12월 서교동에서 문을 열었던 '더 팩토리'가 바로 그곳이다. 홍대 거리의 와자지껄한 분위기와 합정동 주택가의 잔잔한 고요함이 미묘하게 녹아드는 경계선에 깊이 뿌리를 내렸던 더 팩토리는 2023년 12월, 지난 14년간 추억을 새겨 온 홍익대학교 앞을 떠나 지금의 공덕동 자리에 정(亭)이라는 이름으로 새롭게 터를 잡았다. 십여 년의 세월이 흐르는 동안 하나로 시작했던 바가 둘로 나뉘어 떨어져 있었다가 이제는 길 하나를 사이에 두고 이웃이 되었으니 사물의 변천 과정 이란 과연 예측 불허다. 위치상으로도 가깝지만 양쪽 모 두 오랜 경력과 탄탄한 내공을 갖춘 두 여성 바텐더들이 각각 운영하는 공간이라는 점에서 자매점이라는 말이 이 렇게 잘 어울리는 곳도 없다. 실제로 두 바를 모두 방문해 보면 서로 비슷하면서도 다른 매력을 뽐내는 연년생 자 매 같다는 인상이 든다. 그러고 보니 살아 있을 적 아내 도 자신과 꼭 빼닮은 외모의 한 살 터울 언니를 그렇게나 따르고 의지했었다. 가시밭길 세상살이에 의좋은 자매만 큼이나 서로 힘이 되어 주는 존재도 없는데, 아내가 떠난 뒤에도 조카딸을 자기 자식처럼 아끼고 챙겨주는 처형이 그저 고마울 뿐이다.

아무래도 동년배들에 비해 바와 술의 세계에 비교적 늦게 눈을 떴다 보니 내가 두 가게에 처음 발을 들였을 때 는 이미 나이가 서른셋에 다다른 뒤였다. 그러나 이상하 게도 카운터에 앉아 마스터들과 마주하고 있으면 갓 대학 생이 되었을 무렵부터 줄곧 이곳을 들락날락했던 것만 같 은 기분이 들었다. 단골이라 할 정도로 자주 방문했던 건 아니지만 대화를 나누다 보면 "처음 왔을 때만 해도 꼬맹 이였던 학생이 어느새 애아빠가 됐네? 잘 지내고 있지?"

라며 오랜 손님에게 안부를 묻는 듯 너무나 친숙한 느낌. 속 깊은 마음씨에서 배어나는 정겨운 한마디에 저절로 입가에 미소가 어리면서도, 어린 시절부터 지금에 이르기까지 나의 모든 성장 과정을 속속들이 꿰고 있는 이모나 고모를 대하는 것처럼 왠지 모르게 쑥스러운 표정과 함께 고개가 숙여졌다. 오랫동안 대학가에 자리를 잡았던 가게였던 만큼, 그곳에서 웃고 떠들며 시간을 보냈던 학생들이 어느덧 사회인이 되어 과거의 추억을 되새기며 다시 찾아오는 경우도 많지 않았을까. 14년이면 햇수로 따져도 스무 살 신입생이 어느덧 서른넷이 되어 사회에서 한창 자신의 소임을 다하고 있을 정도의 시간이 흐른 것이니 충분히 그럴 만하다. 그런 생각이 들어서 그런지 바의 주인들과 이야기를 주고받는 과정에서 나 또한 세상 물정 모르는 철부지 시절부터 이곳을 계속 드나들었던 듯한 묘한 감각에 사로잡혔다. 그와 동시에 의식의 저편에서 문득 작은 의문 하나가 스파크를 일으켰다.

'잠깐, 그런데 나는 대학교 다닐 때 무슨 술 마셨었지? 애들이랑 오이 소주 마셨던 기억은 있는데……. 아니 그보다 내가 살면서 제일 처음 마셨던 술은 대체 뭐였지?'

자그마한 불씨에 불과했던 그것은 몸속에 가득 찬

알코올과 술기운을 연료 삼아 거세게 타오르며 삽시간에 사방으로 번져 나갔다.

○

나는 일고여덟 살 즈음 처음으로 담배를 피워 보았다. 문제아들과 어울려 일탈 행위를 한 것은 아니고, 같은 아파트 앞 동의 외삼촌댁에 놀러갔다가 장난기 많은 골초 외삼촌의 꼬임에 넘어가 호기심에 시도해 보았을 뿐이다. 누리끼리한 장판을 깔아둔 안방에 양반다리를 하고 앉아 방금 불을 붙인 담배 한 개비를 내게 건네며 히죽 웃던 외삼촌의 표정이 지금도 생생히 기억난다. 평소에 삼촌이 흡연하는 모습을 워낙 자주 보았던 나는 비슷한 모양새로 궐련을 꼬나물고는 그대로 한 모금 깊이 빨았다. 그 순간 매캐한 무언가가 목구멍을 가득 메우더니 갑자기 숨을 쉴 수가 없었다. 기도가 막히는 듯한 고통에 놀라 패닉 상태에 빠진 나는 후다닥 화장실로 달려가 찬물로 세수를 했다. 그런다고 목 안의 상황이 해결될 리는 없었지만, 이제 막 유치원을 졸업할 나이대의 어린애에게는 그것이 질식사의 위기에서 벗어나기 위한 최선의 수단이었나 보다. 어느덧 정신을 차리고 나니 윗도리는 온통 물에 젖어 있고 목은 다시 멀쩡히 숨을 쉬고 있었다. 어안이 벙벙한 채로 안방으로 돌아오자 외삼촌은 내가 헐레벌떡 뛰어나가며 방바닥에 떨어뜨린 꽁초를 손에 들고 껄껄 웃으며 연기를 내뿜고 계셨다. 그때의 경험이 트라우마로 남았는지 나는 지금도 담배라면 질색을 한다.

나와 비슷한 세대의 남자라면 누구나 한 번쯤 겪었을 법한 일화를 굳이 여기에서 꺼낸 이유는 어린 조카에게 흡연을 권한 외삼촌의 행위가 윤리적으로 옳았는지 아닌지를 따지기 위해서가 아니다. 이야기의 핵심은 과거에는 개인 주택에서든 아파트에서든 '집안에서 담배를 태우는 것'을 모두가 당연하게 여겼다는 데 있다. 어머니 말씀에 따르면 내가 초등학교에 다니던 1990년대까지만 해도 사람들은 식당이나 회사 사무실은 물론, 시내버스나 기차 안에서도 일상적으로 담배를 피웠다고 한다. 그것도 창문을 닫은 채로 말이다. 심지어 비행기 좌석도 흡연석과 금연석이 나뉘어 있었다니 그야말로 흡연에 최적화된 환경이 조성되어 있었다 해도 과언이 아니다. 실내 흡연은 물론이고 간접흡연도 죄악시되는 오늘날 기준으로는 상상도 못 할 일이다. 이제는 담배를 해악으로 여기는 분위기가 사회 전반적으로 확산되어 가다 보니 공공장소에서 거리낌 없이 흡연하는 모습도 많이 줄어든 것 같다. 구성원의 인식 변화가 생활상의 변화와 직결됨을 증명하는 좋은 사례가 아닐까.

담배뿐만 아니라 술도 마찬가지일 것이다. 지나간 과

거를 잠시 회상해 보자. 우리가 인생 처음으로 마셨던 술은 과연 무엇이었을까. 중학생 또는 고등학생 때 부모님의 눈을 피해 친구들과 몰래 마셨던, 또는 대학교의 신입생 환영회에서 같은 학과 사람들과 함께 마셨던 소주나 맥주가 아니었을까. 나의 경우는 초등학생 때 큰아버지댁에 모여 제사를 지낸 뒤 음복주(飮福酒)로 받았던 이름 모를 청주(淸酒)가 인생 최초로 마셔본 술이었다. 두근거리는 마음으로 한 모금 삼켰지만 비릿한 맛이 입에 맞지 않아 옆에 있던 약과를 서둘러 집어먹었던 기억이 어렴풋이 떠오른다. 그 뒤로는 딱히 술에 관심을 둔 적이 없었다. 대학에 들어간 후에도 여럿이 우르르 몰려다니는 활동은 시간 낭비라고 생각해 MT나 동아리에 참여한 적이 없다 보니 소위 '대학생의 술 파티'를 모르는 채로 학부를 졸업했다. 대학원에 진학해서도 별반 다르지 않았다.

　지도 교수님 댁에서 열린 신년회에 참석한 나는 생전 처음으로 위스키라는 술을 접했다. 길쭉한 원기둥 모양의 샷(Shot) 잔에 연한 호박색의 액체가 가득 차 있는 것이 몹시 영롱해 보였다. 아무것도 모르는 나는 잔을 들어 소주를 마시듯 그대로 입 안에 털어 넣었고, 주변 사람들은 그런 나를 보며 "그렇게 마시는 거 아니야!"라고 외치며 한참을 웃었다. 선배들이 "와 저거 블루(Blue)인데!"라고 했던 것으로 보아 아마도 브랜드는 조니 워커(Johnnie

Walker)였던 듯하다. 평생 위스키를 마셔보기는커녕 구경해 본 적조차 없었으니 당연히 모를 수밖에. 가끔 바에서 환영이나 환송의 의미로 샷 잔에 채운 술을 서비스로 받을 때마다 그때의 기억이 떠올라 혼자 마음속으로 조용히 웃곤 한다.

　　대학원 박사 과정을 중도에 포기하고 나서는 곧바로 대학교 직원으로 취직해 지금까지 종사해 오고 있다 보니 아무래도 일반적인 직장인들처럼 저녁 회식을 경험해 본 적이 없다. 청소년기는 물론이고 사회인이 되어서도 술자리를 접해 보지 않은 나 같은 사람이 술 문화에 대해 이러쿵저러쿵하는 것이 다소 겸연쩍기는 하지만, 안타까운 뉴스 기사들을 접할 때마다 우리나라의 음주 문화는 여전히 개선할 부분이 많다는 생각이 든다. 요즘 같은 시대에 여전히 파도타기나 폭탄주 등을 강요하는 이들이 있다니. 강제성을 수반하는 회식과 건강을 해치는 술은 오히려 원활한 사회생활을 저해하는 원인이거늘, 인사고과를 빌미 삼아 마시기 싫은 술을 억지로 밀어 넣게 만드는 전근대적인 폭력 행위가 자취를 감출 날은 아직도 요원한 것일까.

　　한때 인터넷에서 술 관련 정보를 검색하던 중 보았던 재미있는 문구가 있다. 여러 증류주 종류 가운데 하나인 메스칼(Mezcal)을 유통하는 한 브랜드의 광고였던 것으로 기억한다. 거기에는 자신들의 제품을 즐기기 위한 최적의 방법으로 "Sip it, Don't shoot it"이라는 간결하면서도 강렬한 글귀가 적혀 있었다. 우리말로 옮기면 "원샷으로 꺾지 말고 조금씩 음미하면서 드세요" 정도가 되려나. 비록 그들과 내가 속해 있는 나라와 문화는 다르지만, 나는 그 한마디가 폭주 일변도인 오늘날의 음주 문화 전반을 돌이켜 보자는 일종의 성찰의 메시지로 보였다.

무엇을 위해서인지 알 수 없는 "위하여"로부터 이어지는 강압적인 폭음을 억지로 감내해야 했던 모든 선배 세대들, 그리고 지금도 겪고 있는 동시대인들에게 다시금 위로의 말씀을 전한다. 우악스럽게 마시던 시대는 지났다. 이제는 자신이 원하는 술을 자신이 원하는 방식대로 즐기는 것을 이해하고 존중하는 건전한 음주 문화가 이미 어느 정도 자리를 잡아 가고 있다. 우리 사회에 잔존하는 구시대적이고 권위주의적인 술자리 악습이 깨끗이 사라지기를 바라며, 또 나의 다음 세대가 향유할 음주 문화는 과연 어떤 모습일지를 상상하며 잔을 비웠다. 아, 물론 원샷이 아니라 한 모금씩 천천히 즐기면서 말이다.

제가 이런 데 와도 되는지 모르겠어요

바 인 하우스(Bar in House)와
환대

○

밖에서 술을 마실 때는 집에서 기다리는 어머니를 안심시켜 드리기 위해 웬만하면 대중교통을 타고 귀가한다. 그러다가도 간혹 분위기에 취해 새벽까지 눌러앉았다가 막차를 놓치고 부득이하게 택시를 탈 때도 있는데, 안전벨트를 매고 차가 달리기 시작하면 어색한 침묵도 깨고 술도 깰 겸 기사분께 넌지시 질문 하나를 여쭌다. 내용은 항상 동일하다. 바로 "그동안 태웠던 승객들 중 기억에 남는 진상 취객이 있는가?"이다. 그 순간 조용히 운전대를 잡고 있던 그들의 입에서 깊은 탄식과 함께 별의별 희한한 경험담이 꼬리에 꼬리를 물고 쏟아져 나온다. 어떨 때는 집 앞에 도착해 문을 열고 내릴 때까지도 끝나지 않는다. 지난 몇 년간 들은 얘기만 정리해도 『심야 택시 회고록』 같은 책 한 권쯤 뚝딱 나올 텐데, 술기운에 빠져 정확한 날짜와 내용을 기록해 놓지 않은 것이 아쉽다. 이야기들의 결론은 대개 비슷하다. 차 안에서는 소리를 지르고 욕설을 퍼붓던 사람들이 경찰을 부르거나 지구대 앞에만 가면 갑자기 순한 양이 되더란다. 강한 자에게는 더없이 약하고 약한 자에게는 한없이 강한 이들의 전형적인 모습이다. 비단 택시뿐만이 아니다. 식당 주인이나 편의점 직원이 손님에게 곤욕을 치렀다든가 폭행을 당했다는 등의 뉴스 기사를 접할 때마다 안타깝기만 하다. 오죽하면 많은 회사와 행정기관들도 콜센터 회선에 "지금 전화를 받는 상담원은 누군가의 가족입니다"라는 통화 연결음을 설정했겠나. 왜 애꿎은 그들이 화풀이의 대상이 되어야 하는지 원.

사람들이 앉아서 술을 마시는 가게들 역시 판매하는 주종이나 영업 방식의 차이를 막론하고 항상 트러블의 위험성을 떠안고 있다. 입장할 때는 말쑥하고 멀쩡해 보여도 술만 들어가면 무슨 난동을 피울지 모르는 게 인간이다. 동네 포장마차에서든 호사스러운 바에서든, 하여튼 술이 있는 곳이라면 어디에서든 폭탄은 터질 수 있다. 고상하고 부유한 사람들이 다니는 고급 주점에서 설마 그런 일이 있겠냐고 의심이 간다면 그런 곳에서 일한 경험이 있는 바텐더에게 물어보라. 자신이나 동료들이 겪은 생생한 체험담을 새벽 동이 틀 때까지 들려줄 것이다.

표준국어대사전에 '서비스'라는 단어의 뜻풀이를 검색하면 의외로 많은 의미가 기재되어 있다. 순서대로 나열하면 이렇다.

① 생산된 재화를 운반·배급하거나 생산·소비에 필요한 노무를 제공함
② 개인적으로 남을 위하여 돕거나 시중을 듦
③ 장사에서, 값을 깎아 주거나 덤을 붙여 줌
④ 탁구·배구·테니스 따위에서, 공격하는 쪽이 상대편 코트에 공을 쳐 넣는 일 또는 그 공

내 눈으로 직접 확인하기 전까지만 해도 나는 '바'라는 이름을 대거나 간판을 달고 있는 술집들은 모두 위에서 두 번째 의미의 서비스를 제공하는 퇴폐적인 장소인 줄만 알았다. 돈을 내고 이성에게 상전 대접을 받는 그런 업소들 말이다. 이전에는 바를 다녀본 적이 없었으니 실정을 몰랐다고는 해도 왜 그런 이미지가 머릿속에 굳어져 있었는지는 모르겠다. 명확한 이유나 고찰 없이 은연중에 '그냥 그런 거잖아?'라는 결론에 도달하는 사고방식은 언제나 편안하면서도 위험하다. 실제로 그런 업소들이

없지는 않겠지만, 최소한 내가 경험한 바에 의하면 제대로 된 바는 주종 간의 일방적이고 문란한 접대가 아니라 평등한 쌍방 간의 건전한 환대가 이루어지는 공간이다. 그럼에도 요즘 같은 시대에 전자에 치중하는 매장이 왜 계속 남아 있냐고 묻는다면 달리 할 말이 없다. 어쨌든 찾는 사람이 있으니까 유지되고 또 새로 생겨나는 것 아니겠나. 그와 관련하여 좋은 바를 가늠할 수 있는 효과적인 방법이 하나 있다. 가게의 입구나 간판에 '아가씨 없음'이라는 안내문이 붙어 있다면 그곳은 안심하고 입장해도 된다.

○

한 뉴스 기사에 따르면 2020년 세계경제포럼에서는 인공지능의 발전이 점점 가속화되는 시대를 맞아 AI가 대체할 수 없는 인간만의 고유한 능력 세 가지를 선정했다고 한다.(이재구, 세계경제포럼, "이것이 AI도 대체 불가한 6가지 기술", 「AI타임스」, 2020.10.26.) 그중에서도 나는 '바'라는 공간과 '바텐더'라는 직업의 핵심 요소인 '환대(Hospitality)', 그리고 그것의 세부 기술로 정의된 '비언어적 의사소통'과 '공감 능력'에 자연스레 눈길이 갔다. 사실 포럼 이후로도 곳곳에서 비슷한 담론이 반복되다 보니 이제는 새로운 화젯거리도 아니다. 주장하는 이들마다 매번 용어와 표현을 바꿀 뿐이지 근본적인 아이디어는 같다. 사람과 사람 간의 정서적 교류가 필요한 활동 분야는 인공지능이 넘볼 수 없는 영역이라는 뜻이다. 상대방이 처한 상황이나 시시각각 변하는 감정 상태에 따라 적절한 반응을 보이며 유연하게 대처하는 환대 능력은 오직 인간만이 구사할 수 있다. 마음의 도량을 능력의 범주로 보는 시각 자체가 비인간적이라며 따질 수도 있겠지만, 나처럼 가슴속이 삭막하고 정서 지능이 낮은 사람 입장에서는 손에 넣고 싶어도 어떻게 할 수 없는 것이 이 교감 능력이다. 이와 관련하여 마음의 용적은 개인마다 분명히 차이가 난다는 사실을 아름답게 표현한 문장이 있다.

두 개의 직경이 이루는 법칙을 통해 우리는 은하계의 태양과 인간의 마음을 파악할 수 있다. 뿐만 아니라 한 인간의 일상적인 행동들과 마음속의 구석진 만(灣) 그리고 그 만의 입구를 드나드는 삶의 물결들을 모두 합해 길이와 폭을 따라 선을 그리면 그 선들이 만나는 지점이 그의 성품이 나타내는 높이와 깊이임을 알게 되리라.(헨리 데이비드 소로, 홍지수 역, 『월든』, 웅진씽크빅, 2014, 1판 2쇄, p.325)

만약 저자가 나를 만났다면 '이 사람은 물 한 방울

없는 사막이구만!' 하고 딱하게 여겼겠지만 원체 심성이 이러니 어쩔 수 없다. 이런 나와는 반대로 낯선 손님들을 상대하면서도 지치지 않고 평정을 유지하며 상냥하게 응대하는 바텐더는 그야말로 놀라운 능력을 갖춘 인물들이다. 그러니 수치화하여 측정할 수 없는 역량임에도 불구하고 NCS에 '고객 서비스'라는 능력 분야가 엄연히 존재하는 것 아니겠나. 바로 이 환대의 측면에서 내로라하는 곳이 한 군데 있다. 보잘 것 없는 나조차도 방문할 때마다 분에 넘치는 후대(厚待)를 받고 오는 곳이다.

어느 곳을 가든 바에 방문하기 전에는 항상 이른 저녁을 먹은 뒤 샤워를 한다. 양치질도 잊지 않는다. 처음 가보는 곳이든 워낙 자주 찾아 익숙한 곳이든 마찬가지다. 술의 맛을 온전히 즐기려면 상쾌한 몸 상태를 만들어 놓아야 한다. 단, 향이 진한 샴푸나 로션 등은 쓰지 않는다. 나 자신은 물론이고 옆자리 손님들이 술의 향미를 즐기는 데 방해가 되기 때문이다. 목욕재계를 마치고 버스에 올라타 무념무상으로 창밖을 보고 있으면 이윽고 차는 압구정로를 따라 얕은 언덕길을 오르내린다. 이름만 들어도 청아한 청담동(淸潭洞)의 초입이다. 동네 명칭에 삼수변이 세 개나 들어 있는 이곳에 올 때마다 이런 일급수에 나 같은 잡어(雜魚)가 발을 들여도 되나 싶어 기분이 어색하다. 정류장에 내리자마자 차도를 건너 작은 골목길을 따라 걷다 보면 뜬금없이 하얀 벤치와 함께 지하로 통하는 계단이 나타난다. 알고 찾아오지 않는 이상 모르고 지나칠 수밖에 없는 멋진 디스플레이다. 난간을 잡고 조심스레 내려가 안으로 들어서면 너무나 아름다운 별천지가 펼쳐진다. 백 바의 찬장에는 명품 크리스탈 잔들이 은은한 조명 빛을 받아 반짝반짝 빛나고 있고, 듬직한 카운터 위에 놓인 고급 식기와 장식품들은 우아한 분위기를 한껏 끌어올린다. 화려하면서도 기품이 흐르는 데커레이션 덕분에 그냥 앉아만 있어도 눈이 즐겁다. 그 사이로 맵시 있는 정장을 차려입고 세심하게 만든 칵테일을 손님 앞에 정중하게 내려놓는 사장님의 모습을 보고 있으면 '과연 이것이야말로 청담동 바로구나!' 하고 절로 감탄이 나온다.

상호부터 벌써 편안한 느낌이 드는 바 인 하우스(Bar in House)는 따뜻하고 아늑한 분위기에서 정말 무드 있게 한 잔 마시고 싶을 때 방문하기에 적격인 곳이다. 세련미 가득한 공간에서 완숙미 넘치는 칵테일을 홀짝이며 홀로 가만히 생각에 잠기기에도, 또는 일행과 깊이 있는 대화를 나누거나 연인과 로맨틱한 시간을 보내기에도 안성맞춤이다. 혼자 온 사람은 차분히 속마음을 정리하고 여럿이 함께 온 이들은 우정이든 사랑이든 서로의 관계를 한층 더 돈독히 다진다. 그들을 바라보며 나도 덩달아 가슴

속이 훈훈해지는 그 순간, 바로 옆에서 맥주를 벌컥벌컥 들이키고는 대폿집 취객처럼 "캬아 좋다!" 하고 쩌렁쩌렁 울리는 소리에 무르익은 분위기가 와장창 깨진다. 그렇다, 이곳은 나의 유일한 술친구인 J가 많고 많은 서울의 바들 중에서 최고로 좋아하는 가게다. 집은 서울이지만 지방으로 인사발령이 나서 고생하던 녀석에게 좋은 바가 있다며 가볍게 소개해 주었을 뿐인데, 처음 방문한 날 사장님과 몇 마디를 나누더니 그날로 푹 빠져 단골이 되었다. 그동안 여러 바를 보여줬지만 녀석의 취향에 백 퍼센트 들어맞는 곳을 찾기란 쉽지 않았는데 드디어 당첨을 뽑아서 얼마나 기분이 좋던지. 커플 매칭에 성공한 미팅 주선자의 마음이 이런 것이겠거니 싶었다. 이제는 J에게서 서울 간다는 메시지가 오면 자연히 청담동 그곳에서 보자는 뜻으로 이해한다. 하기야 이렇게 끌려서라도 가지 않으면 언제 또 맑은 연못가에 발을 담가 보겠나.

　물론 이 모든 것은 방문객의 마음을 단번에 사로잡는 사장님의 매력 덕분에 가능한 일이었다. 2007년 1월, 성남시 복정동의 한 조용한 골목길에서 처음으로 문을 열었던 바 인 하우스는 2020년 3월 현재의 위치로 자리를 옮기며 새로운 시작을 알렸다. 바가 세월의 풍파를 헤치고 오랫동안 존속하기 위해서는 반드시 강력한 구심점이 되는 인물이 그곳에 있어야 한다. 어느 때 찾아가도 오랜만에 잘 왔다며, 우리네 인생 살아가는 얘기 나누며 즐겁게 술 한 잔 하고 가라며 진심 어린 환대를 받을 수 있는 이곳처럼 말이다. 다만 바를 찾아오는 모든 분들과 이 글을 읽는 모든 이들에게 한 가지만큼은 미리 용서를 구해야 할 것 같다. 혹시라도 가게를 방문했는데 어울리지 않는 캐주얼한 복장의 안경 낀 남자 둘이서 시끄럽게 떠들며 분위기를 어수선하게 만들고 있다면 '저게 그 둘이로구나' 하고 부디 너그러운 마음으로 양해해 주시길 바란다. 목소리만 클 뿐이지 근본은 선한 사람들이다.

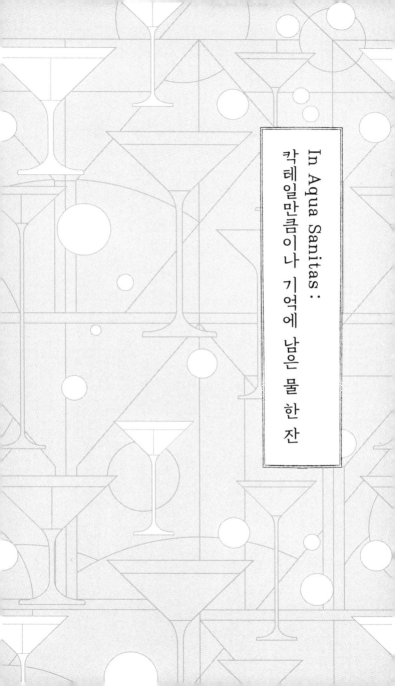

In Aqua Sanitas :

칵테일만큼이나 기억에 남은 물 한 잔

연남마실과

건강

○

아내는 자신이 졸업한 모교의 대학병원에서 생을 마
감했다. 처가에서 거리가 가까운데다 동문 특혜로 의료비
도 할인받을 수 있다며 덥석 선택하더니 결국 그곳에서
숨을 거둘 줄이야. 사망 전까지 그녀는 병원의 단골 환자
였다. 피부과에서는 두 차례에 걸쳐 암세포 제거 수술을
받았고 산부인과에서는 아이를 출산했으며, 혈액종양내
과에서는 항암치료를 받았고 소아과에는 딸아이의 정기
검진을 맡겼다. 그밖에도 성형외과와 영상의학과와 방사
선과와 응급실 등 원내 분과와 시설 곳곳을 밥 먹듯이 드
나들더니 종국에는 장례식장의 시체 안치실까지 알뜰하
게 이용했다. 환자복을 입고 병상에 누웠다가도 금방 일

어나서 자기 발로 걸어 나오던 곳이었는데. 마지막은 끝내 차갑게 누운 채로 다시는 일어나지 못했지만 그래도 그토록 사랑하고 자랑하던 모교의 품에서 눈을 감았으니 떠나는 길 마음만은 편안했으리라.

장모님과 어머니께서 번갈아 육아를 전담하며 아기 엄마의 빈자리를 채워 주시기는 했지만 하나뿐인 자식에게 하나뿐인 부모가 되어버렸다는 압박감은 너무 무거웠다. 홀아비나 편부라는 단어는 책에서나 보았지 설마 내가 그렇게 되리라고는 상상도 못했으니까. 아내가 서른 초반의 젊은 나이에 서서히 죽어가는 과정을 지켜본 뒤로는 나 또한 건강과 죽음에 대한 경각심이 커질 수밖에 없었다. 평소에 잔병치레를 하거나 병원 신세를 진 이력은 없었지만 아내처럼 어느 날 갑자기 몸속 어딘가에 암이 도사리고 있다는 진단을 받을지 몰랐다. 하루가 멀다 하고 뉴스에 뜨는 사건사고 소식도 더 이상 남의 일처럼 보이지 않았다. 멀쩡히 숨을 쉬다가도 언제 어떻게 비명횡사할지 모른다는 불안감에 거리를 걸을 때나 운전을 할 때나 긴장의 끈을 놓지 못했다. 예전에는 거들떠보지도 않던 건강식품도 눈에 보이는 대로 챙겨먹었다. 엄마가 병으로 죽었다는 사실조차 모르는 채 눈만 마주치면 헤벌쭉 웃는 딸 앞에서 나만큼은 아프거나 골골대는 모습을 보이지 않겠다고 다짐했다. 그런데 그런 상황에서 나의 스트레스를 풀어주는 대상이라고는 오로지 술밖에 없었으니 이래저래 딜레마에 빠질 수밖에. 이런 아빠의 속사정을 다 이해한다는 듯이 저녁마다 자리에 눕히면 금세 꿈나라로 떠나 아침까지 통잠에 빠져 주었던 딸내미가 너무도 고맙고 대견스럽다.

회식과 모임이 잦은 연말연시가 되면 어김없이 등장하는 뉴스 기사가 있다. 과음 때문에 몸을 상하지 말고 절주와 절제의 미덕을 발휘하자는 일종의 권고문이다. 그리고 그런 기사들을 읽다 보면 빠지지 않고 등장하는 인용구가 있다. 바로 세계보건기구(WHO)에서 권장했다는 '일일 적정 음주량'이다. 어떤 기사에서는 알코올 섭취량을 기준으로 남성은 하루에 40g(소주 4잔 이내), 여성은 20g(소주 2잔 이내)가 적정량이라고 한다. 가슴에 손을 얹고 아무리 생각해 봐도 그보다 적게 마셨던 적이 없으니 멋쩍은 웃음만 나온다. 그런데 그보다 뒤에 작성된 또 다른 기사에서는 적정 음주량 같은 건 없다고 한다. 그 사이에 기준이 바뀌었나 싶어 찾아보니 역시나, 건강 증진이 주목적인 WHO에서는 '적정 음주량'이라는 말 자체가 성립할 수 없다는 기조를 취하고 있다. 기관 산하의 국제암연구소(IARC)에서도 알코올을 담배나 석면과 같은 1군 발암 물질로 지정한 만큼, 아예 마시지 않는 것이 최선이요 최소한으로 마시는 것이 차선이라는 말이다.("No level of alcohol consumption is safe for our health", 2023.1.4.) 삶에 낙이라고는 술밖에 없는 나로서도 반박할 수 없다. 알코올성 치매로 누워 계시다가 돌아가신 외할아버지와 그런 할아버지를 보살펴야 했던 외할머니와 외가 친척들의 고충을 내 눈으로 직접 보았기 때문이다. 그러나 머리로는 알면서도 도저히 술에서 손을 뗄 수 없던 나는 나 자신을 포함한 어느 누구에게도 해를 끼치지 않는 선에서, 특히 집에 있는 딸아이에게 나쁜 영향을 미치지 않도록 건강하고 건전한 음주를 즐기기로 결심했다.

○

　나는 보통 사람들에 비해 주량이 현저히 약한 편이다. 술을 좋아한다고 말하면 간혹 양을 많이 마시는 것으로 오해하는 경우가 있는데 전혀 그렇지 않다. 단지 취향에 맞는 술을 소량으로 맛볼 뿐이다. 한때는 젊음을 믿고 호기롭게 한도를 넘어 폭음한 적도 많았지만 몇 차례 호되게 당한 뒤로는 자중하고 있다. 다채로운 맛에 매료되어 덮어놓고 마시다가 뒤늦게 치고 오르는 술기운에 봉변을 당한 적이 한두 번이 아니다. 궁금한 것이 있으면 직접 몸을 던져 경험해 봐야 직성이 풀리는 성격이라 어쩔 수 없었지만, 그래도 술의 위력을 몸소 체험한 덕분에 자신의 한계를 분명히 파악할 수 있었다. 이제는 술을 마실 때면 항상 내 몸 안에 어떤 술이 얼마만큼 들어가는지를 신중하게 계산하면서 물을 마시며 몸 상태를 조절한다. 어떤 술이든 한 잔을 마시고 나면 꼭 물 한 잔을 따라서 들이켜는 식이다. 단순하지만 이것만큼 효과적인 방법도 없다. 늘 손님들의 상태를 살피는 바텐더들도 누군가의 물잔이 비어 있으면 귀신같이 알아채고 곧바로 가득 채워준다. 물의 힘을 누구보다 잘 알기 때문이다.

　건강이나 음주법과 직접적으로 관련된 주제는 아니지만 물의 위용을 위트 있게 표현한 고전 작품이 있다. 바로 중국 돈황(敦煌) 지역의 석굴에서 발견된 고문서 중 하나인 「다주론(茶酒論)」이다. 당나라 시기의 창작물인 다주론은 제목 그대로 차와 술이 벌이는 논쟁을 허구적으로 구성한 통속 소설류의 문학 작품이다. 의인화된 사물들이 인물처럼 대사를 주고받는 구도가 마치 단막극의 대본처럼 보이기도 한다.(정광훈, 「당대(唐代) 음용 문화와 일상의 공연화 – 돈황본 「다주론(茶酒論)」 연구」, 『불교문예연구』, Vol. 19, 불교문예연구소, 2022. p.240) 이야기의 구조는 간단하다. 먼저 화자가 차와 술에게 둘 중에 누가 더 훌륭하냐는 질문을 던진다. 그러자 둘은 각각 자신의 업적과 명성을 자랑하다가 이내 서로의 단점을 비방하며 갑론을박을 이어간다. 이에 보다 못한 물이 나서서 둘 사이를 중재하고 상황을 정리한다. 핵심적인 부분만 뽑아 요약하면 대강 이렇다.

차: "나는 신분이 높은 이들에게 바치는 고급스런 예물인데다 고명한 스님이나 은자들도 대화를 나눌 때면 나를 마시지. 술은 사람들의 정신을 혼란스럽게 하여 시끄럽게 싸우다가 몸을 병들게 하고 집안을 풍비박산 낼 뿐인데, 과연 둘 중에 누가 더 훌륭하겠나?"

술: "웃기는 소리! 나는 신에게 바치는 제물로 쓰이고 사람들 사이에 덕이 조화롭게 실현되게 돕는데다 예술적인 흥취도 고양시키지. 차는 마셔 봐야 요통과 복통과 부종이 생겨 몸만 고생할 뿐인데, 둘 중에 누가 나은지 굳이 비교할 필요가 있나?"

물: "둘 다 그만하게. 차나 술이나 애초에 물 없이 형태를 갖출 수나 있는가? 모든 사람들이 받들고 의지하는 나조차도 성인의 반열에 올랐다고 차마 말하지 못하는데, 자네들이 어째서 공로를 다투나? 이제부터는 싸우지 말고 형제처럼 사이좋게 지내게."

이어서 작품은 세상 사람들을 향한 글쓴이의 진심 어린 조언과 함께 끝을 맺는다.

"만약 사람들이 이 글을 읽는다면 술과 차로 인해 몸

이 상하는 일이 영영 없을 것이다."

그러나 안타깝게도 까마득한 선배 작가님의 바람과는 달리 오늘날에도 인류는 여전히 술로 인한 병폐에서 벗어나지 못하고 있다.

물의 중요성을 확실히 체감한 뒤로는 술을 마실 때마다 추가로 물값을 지불해도 할 말이 없을 정도로 연거푸 물을 마셨다. 내가 미처 신경 쓰지 못하고 있어도 눈치 빠른 바텐더들이 어느새 소리 없이 다가와 텅 빈 잔에 물을 가득 채워 주었다. 아마도 그동안 바를 다니며 비웠던 잔들을 세어 보면 술보다 물의 양이 압도적으로 많을 것이다. 생명수를 끊임없이 따르며 나의 건강을 지켜 주었던 모든 이들에게 감사드리지만, 그중에서도 유달리 물과 관련하여 재미있는 추억이 깃든 장소가 있다.

상호명만 봐도 가게 위치를 곧바로 알 수 있는 연남마실은 '이런 스타일의 바 하나쯤 있으면 정말 좋겠다!'라는 나의 상상과 희망을 현실에 구현해 놓은 곳이다. 마당이 딸린 주택을 그대로 술집으로 개조한 모습이 마치 시골 사는 친척 집을 방문한 듯한 느낌이 든다. 자연광이 가득 비치는 실내에 앉아 술을 마시고 있자니 담장 너머 경의선숲길 공원에서 잔잔하게 들려오는 동네 아이들이 뛰노는 모습이 그려지며 가슴이 훈훈해진다. 많은 바를 다녀 보았지만 이 정도로 첫눈에 반했던 공간도 그리 많지 않다. 실내와 실외의 구분이 거의 없다시피 할 정도로 개방감을 드러낸 만큼, 봄이면 봄대로 겨울이면 겨울대로 절기의 변화에 따라 사계절의 정취를 그대로 바의 분위기로 끌어오는 탁월한 연출에 지루할 틈이 없다. 이 모든 것에 방점을 찍는 칵테일의 퀄리티 역시 두말할 것 없이 최고다.

이곳을 처음 방문했던 때의 기억은 결코 잊을 수 없다. 그날도 평상시와 마찬가지로 물을 벌컥벌컥 마시며 취기를 조절하고 있었다. 어느덧 일어날 때가 되어 물 두 잔을 연달아 비우자 마침 옆에서 그 모습을 본 사모님께서 익살스레 농담을 건넸다.

"어머 칵테일이 좀 많이 짰나요?!"

나는 그동안 바에서 나누었던 모든 대화 가운데 그것을 넘어서는 한마디는 단연코 없을 것이라 확신한다.

195

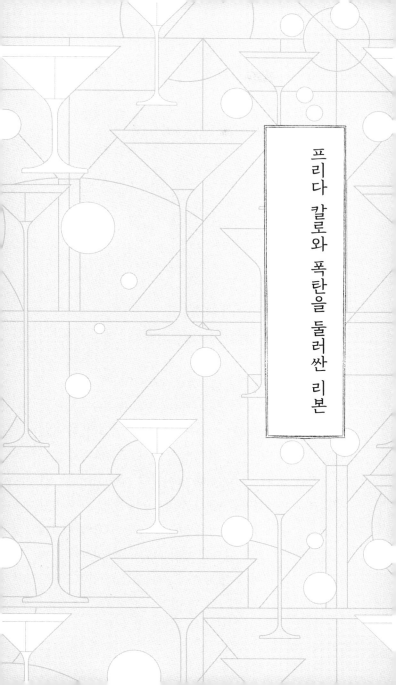

프리다 칼로와 폭탄을 둘러싼 리본

비바 라 비다(Viva La Vida)와 운명

是故知命者 不立乎巖墻之下
따라서 명을 아는 자는 무너질 담장 아래 서지 않는다
—『맹자(孟子)』

○

내게 있어 송파는 친숙한 기억들이 겹겹이 쌓여 있으면서도 아무리 발을 들여도 좀처럼 익숙해지지 않는 참 애매한 지역이다. 내가 한참 어렸던 시절 어머니는 나를 데리고 올림픽공원 앞 친구 아주머니 댁을 자주 찾았다. 고등학교 때부터 동창이었다는 두 분이 그림을 그리며 이런저런 대화를 나누는 동안 나는 나와 위아래로 한 살 터울인 그 집의 두 딸과 함께 소꿉장난을 하거나 넓디

넓은 선수촌 아파트 단지를 뛰어다니며 놀았다. 어린애에게는 다른 나라나 다름없는 멀고 먼 동네에서 나를 가장 설레게 만든 것은 바로 올림픽플라자 상가였다. 온몸이 유리창으로 뒤덮인 거대한 애벌레 같은 모양의 아케이드는 꼬맹이의 눈과 마음을 한순간에 사로잡기에 충분했다. 집에 돌아갈 때면 어머니는 항상 상가 외곽의 빵집에 들러 식빵을 사면서 내게도 먹고 싶은 것을 고르게 했다. 가게를 나와 집으로 가는 동안 비닐봉지에 담긴 단팥빵과 슈크림빵에서 나는 부스럭거리는 소리에 내내 가슴이 설레고 행복했던 그런 때도 있었다.

초등학교 저학년까지는 어머니의 손에 이끌려 잠실동의 한 교회를 다니기도 했다. 사실 말이 교회지 번듯한 예배당 하나 없이 잠실야구장 건너편 정신여자고등학교의 교실과 강당을 빌려 예배를 드리는 게 다였다. 그럼에도 당시 목회를 맡았던 목사님들은 교단 내에서도 영성이 충만하고 명성이 드높은 분들이었다고 한다. 성장 과정에서 어머니를 통해 이재철과 임영수라는 두 목자의 이름을 얼마나 많이 들었는지 모른다. 하지만 초등부의 찬양 율동과 성경 연극 등 그저 그런 활동에 질렸던 나는 3학년이 되던 즈음부터 교회를 다니지 않겠다고 선언했고 부모님도 종교 생활을 억지로 강요하지는 않았다. 비자발적 신앙의 구속에서 벗어난 뒤로는 잠실과는 연이 닿을 일이 없었다. 나중에 대학생이 되고서야 처음으로 신천역 앞 먹자골목을 한두 번 들린 적은 있었는데, 그때의 기억이 워낙 선명하게 남아 있어서 그런지 나는 아직도 잠실새내라는 새로운 명칭이 입에 잘 붙지 않는다.

○

그렇게 파편적인 기억으로만 남아 있던 신천을 다시 찾은 것은 아내가 죽은 지 5개월이 지난 늦봄의 어느 날이었다. 탄천을 가로지르며 삼성교 위를 내달리는 버스의 차창 밖을 보고 있자니 일요일 아침마다 부모님과 함께 같은 길을 오갔던 기억이 슬그머니 떠올랐다. 어릴 적 라디오에서 흘러나오는 〈여성시대〉의 주제가를 들으며 예배를 드리러 가던 바로 그 경로를 따라 이제는 술을 진탕 마시러 가고 있다는 생각에 피식 웃음이 나왔다. 종합운동장을 지나 잠실새내역 앞에 내려 거리로 들어서자 오색찬란한 간판들이 만국기처럼 펄럭이며 밤거리를 수놓고 있었다. 대체 왜 이런 유흥가 한가운데 있는지 알 수 없는 잠실 성당을 지나 현란한 불빛이 일렁이는 골목길을 따라 걷다 보니 어느덧 목적지에 도착했다.

그곳은 이제껏 지나쳐 온, 우리는 이런 것을 파는 곳이라며 온몸으로 어필하는 여느 가게들과는 사뭇 달랐다. 하얗게 칠한 벽돌 외벽과 까만 빗면 지붕이 산뜻한 흑백의 대비를 이루는 가운데 무거운 목제나 철제 여닫이문 대신 투명한 유리 자동문을 설치해 놓은 것이 바라기보다는 오히려 카페나 베이커리의 입구처럼 보였다. 단순하지만 매력 있는 출입구에 감탄하며 입장한 나는 그만 자리에 멈춰선 채로 너털웃음을 터트리고 말았다. 양옆으로 그림 여러 점을 걸어 갤러리로 꾸며놓은 좁은 복도 저 끝에서 프리다 칼로(Frida Kahlo)의 자화상이 나를 물끄러미 바라보고 있었다. '아니 저게 왜 여기 있어?' 얼떨떨한 기분으로 주변을 힐끗 둘러보니 이게 웬걸, 그곳에 걸려 있는 그림들 전부가 칼로의 작품이었다. 바의 문간에서 느닷없이 비운의 거장과 그녀의 유작을 다시금 마주할 줄이야. 생각지도 못한 명화 감상 시간을 가진 뒤 재차 걸음을 옮겼다. 복도 끝에 도달해 그녀의 시선을 피하듯 안으로 들어가자 비로소 테이블과 의자가 있는 바 공간이 나타났다. 그제야 평소와 같이 카운터 자리에 앉아 주문한 칵테일을 한 모금 넘겼지만, 조금 전의 조우가 너무나 강렬했던 탓인지 맛도 제대로 느껴지지 않는데다 바텐더가 건네는 말도 귀에 잘 들어오지 않았다. 이미 내 안의 모든 사고와 감각은 우리의 인연이 얽히기 시작한 그날의 추억 속을 떠돌고 있었다.

그럴 만도 했다. 얄궂게도 아내와 나의 첫 데이트 장소가 바로 2015년 소마미술관에서 열린 프리다 칼로 전시회였으니 말이다. 미술에는 관심도 없는 녀석이 왜 하 필 무더위가 한창 기승을 부리는 7월 말에, 그것도 서로 의 집에서 한참 멀리 떨어진 올림픽공원에서 만나자고 했는지 모르겠다. 따가운 햇볕이 쨍쨍 내리쬐는 평화의 광장을 지나 녹초가 된 채로 미술관 입구에서 만난 우리 는 실내 에어컨의 소중함을 뼈저리게 실감하며 전시를 관람했다. 그날 나는 그림 감상에 도움이 될까 싶어 칼로 의 일생과 작품 설명을 간략하게 풀어 쓴 작은 책을 한 권 들고 갔는데, 나중에 아내에게 들으니 데이트를 준비 하며 책까지 읽어 오는 나의 준비성과 지적인 모습에 푹 빠져 이 남자 계속 만나야겠다고 생각했단다. 사실은 몇 년 전에 사서 책장에 꽂아두기만 하고 까맣게 잊어버렸 다가 만나기 전날 생각나서 부랴부랴 읽고 가져갔던 것 인데. 지금도 생각할 때마다 낯이 뜨거워지기는 하지만 아무튼 결과가 좋았으니 다행이다.

그쯤에서 눈앞의 술잔이 비었지만 어쩐지 지금 내 마음이 칵테일을 즐길 만한 상태가 아니라는 생각에 다 음 잔은 위스키로 결정했다. 지나간 과거를 곱씹으며 생 각을 정리하거나 출렁이는 감정을 가라앉혀야 할 때는 역시 위스키만한 게 없으니까. 그렇게 두 번째 잔을 비우 고 자리에서 일어나 주변의 다른 가게들을 전전하다가 자정쯤에야 집에 돌아왔다. 그러나 자리에 누워서도 칼로의 자화상이 헤집어 놓은 가슴속의 여운은 좀처럼 가시지 않았다. 다음날 아이를 어린이집에 보내자마자 일전의 그 책을 다시 꺼내 읽었다. 전시회까지 다녀왔다는 사람이 이렇게 말하기에는 민망하지만 나는 전날 다녀온 바의 이름이 그녀가 마지막으로 남긴 유작의 제목과 같다는 사실조차 모르고 있었다. 〈비바 라 비다〉는 프리다 칼로가 세상을 떠나기 불과 며칠 전에 완성한 작품이다. 파란 하늘과 단단한 대지 사이에 놓인 수박의 빨간 속살이 화려한 색채 대비를 이루는 가운데 전면의 과육에는 본인의 이름과 자신이 태어나고 자란 고향의 이름 그리고 '삶이여 만세(Viva La Vida)'라는 문구를 새겨 넣었다. 삶의 마지막 순간에 남긴 작품이라기에는 믿을 수 없을 정도로 생동감과 활력이 넘쳐흐른다.

칼로의 화풍에 매료되었던 프랑스의 시인이자 초현실주의자 앙드레 브르통(André Breton)은 그녀의 순수하면서도 강렬한 예술 세계를 일러 '폭탄을 둘러싼 리본'과 같다고 평했다.(크리스티나 버루스, 김희진 역, 『프리다 칼로』, 시공사, 2010, p.66) 작가의 정수를 예리하게 포착한 그 말이 내게는 너무나 서글프게 다가왔다. 아름다운 외모 이면에 악성흑색종이라는 시한폭탄을 달고 살았던 아내의 일생에 이렇게나 잘 어울리는 표현이 또 있을까 싶었다. 살아온 이력은 서로 달랐지만 자신만의 확고한 세계를 구축하고도 결국 육체의 한계로 인해 젊은 나이에 세상을 떠난 두 여인의 삶이 일순간 겹쳐 보였다. 자처해서 죽고 싶은 사람이 어디 있겠나. 칼로의 말을 빌리자면 "어떤 말로도 표현할 수 없는 절망감. 그럼에도 불구하고 살고 싶다."(앞의 책, p.108) 그러나 그들의 운명은 그것을 허락하지 않았다.

공교롭게도 아내가 소천한 날은 나의 부모님의 결혼기념일이었다. 늘 사사건건 다투기만 하는 두 분도 그날만큼은 핏대를 세우지 않았다. 참으로 기특한 며느리라고 해야 하나. 매년 기일이 돌아올 때마다 아내 얘기를 꺼내면 어머니께서는 담담한 목소리로 이렇게 말씀하신다.

"아쉽지만 그저 그 아이 명이 거기까지였던 거지. 그래도 연애도 하고 결혼도 하고 애도 낳아서 길러 보고, 마지막에는 박사 학위 받고 짧지만 강의도 했잖니. 여자로 태어나서 하고 싶은 일은 다 해보고 갔다고 생각해라."

늘그막에 손녀 양육이라는 큰일을 떠맡았지만 전혀 개의치 않고 씩씩하게 건사하는 여장부다운 대답에 나는 매번 아무런 대꾸도 하지 못한다.

한때 결혼을 준비하면서 아내와 고른 웨딩 패키지 상품 혜택 중 예비 신혼부부를 대상으로 한 무료 건강검진이 있었다. 나는 검사를 받지 않았다가 왜 좋은 기회를 그냥 버리냐며 아내에게 한소리를 들었는데, 살뜰하게 검진을 받았던 아내는 먼저 떠나 버리고 무심했던 나는 멀쩡히 살아있는 현실이 아이러니하다. 가끔은 암이라는 존재를 처음 발견했던 그때 우리가 결혼하지 않았다면, 혹은 완치 판정을 받은 뒤에 아이를 갖자고 했던 나의 제안을 아내가 받아들였다면 지금 두 사람의 삶은 과연 어떤 모습으로 흘러가고 있었을지 상상해 보기도 한다. 그러나 아무리 생각을 해 봐도 지금 이 순간이 가장 좋다는 더욱 아이러니한 결론에 도달하게 된다.

처음 아내의 사망 소식을 접한 주변 사람들은 나를 무척이나 불쌍히 여겼다. 당시에는 당연히 그럴 수밖에 없었다. 그러나 이제 와 돌이켜 보니 나는 불운한 사건을 겪은 사람일지는 몰라도 결코 동정의 대상은 아니다. 정말로 위로를 받아야 할 이들은 누구보다도 살고 싶었지만 그럴 수 없었던 아내 자신과 평생 엄마의 존재를 모르고 자라야 하는 내 딸, 그리고 장성한 자식을 먼저 보내야 했던 장인어른과 장모님 두 분이다. 나는 무너진 담장 아래서 먼지를 툭툭 털고 일어나면 그만이다. 가끔 뒤돌아보며 눈물 흘릴 때도 있겠지만 이제 나에게는 텅 빈 마음 달래기 위해 찾아갈 곳이 있으니까.

에필로그

○

지난 4년간 참 많이도 마시고 다녔다. 저녁 어스름을 벗 삼아 서울 곳곳의 바를 배회하는 과정에서 마음의 상처는 어느 정도 치유되었고 엄마의 품을 모르는 채 자라난 딸아이는 어느덧 초등학생이 되었다. 그래도 두 할머니 덕분에 밝고 씩씩하게 커 가는 딸내미를 지켜볼 때마다 뿌듯한 마음에 입가에 미소가 어리면서도 여전히 가슴 한편이 아리다. 이제 내게 남은 인생의 과업은 하나다. 저 아이가 장성하여 어느 분야에서든 당당히 자신의 몫을 다할 때까지 몸도 마음도 생채기 없이 온전히 성장할 수 있도록 외풍을 막는 따뜻한 보금자리이자 마음 놓고 기댈 수 있는 듬직한 느티나무가 되어주면 된다. 기왕이면 결혼도 빨리 하면 좋을 텐데 그것은 천운에 달려 있으니 가만히 기다릴 수밖에.

○

그동안 셀 수 없이 많은 일이 있었지만 일단 기억 속에 차곡차곡 접어두었던 기록을 책이라는 형태로 펴내겠다는 일차적인 목표는 이루었다. 바텐더가 자신이 내어준 한 잔을 손님이 맛있게 즐기길 바라듯, 나 역시 독자들이 책을 재미있게 만끽하길 바랐다. 그로 인해 고민과 수정을 거듭하느라 원고 제출 약속 기일을 계속해서 미뤄 왔지만 우여곡절 끝에 보잘것없는 졸고를 이렇게 한 권의 아름다운 책자로 변모시켜 주신 성균관대학교 출판부의 모든 선생님들께 감사드린다. 내가 바에서 만났던 바텐더들께도 고개 숙여 감사의 인사를 전한다. 당연한 말이지만 그들이 없었다면 이 책은 결코 세상에 나올 수 없었다. 이 모든 것의 발단인 친구 J에게는 은혜를 술로 갚을 일만 남았다. 눈에는 눈, 이에는 이, 술에는 술이다.

○

서울 바 기행이라는 이야기는 이렇게 끝이 나지만 앞으로도 할 일은 많고 갈 길도 멀다. 이제 이 도시는 물론이고 대한민국 곳곳에 있는, 내가 미처 가보지 못한 훌

룽한 곳들을 천천히 찾아다니려 한다. 또 나아가 기회가 될 때마다 바다 건너 이국땅의 멋진 바들도 차례차례 방문해 보고 싶다. 그 모든 여행은 '딸아이와의 추억 만들기'라는 대의명분하에 진행될 것이다. 일석이조와 일거양득이라는 말은 바로 이럴 때 쓰라고 만들었나 보다.

○

마지막으로 한 가지 작은 염원이 있다. 바에 대해 잘못된 편견을 갖고 있던 내가 사소한 계기로 완전히 생각이 바뀌었던 것처럼, 이 책을 통해 원래 '바'라는 공간은 세간의 부정적인 시선과는 달리 그저 편안하게 술 한 잔 즐기고 올 수 있는 곳이며, 또 바텐더란 전문적인 지식을 갖추고 기술을 연마하는 직업이라는 의식이 널리 퍼졌으면 한다. 그러한 사회 인식의 변화에 일조할 수만 있다면 이 책은 소기의 성과를 거두는 셈이다.

밤의 병원, 바 BAR 기행

마셔도 괜찮아, 울어도 괜찮아

1판 1쇄 인쇄 2024년 5월 13일
1판 1쇄 발행 2024년 5월 20일

지은이   권혁민
펴낸이   유지범
책임편집   구남희
편집   신철호 · 현상철
외주디자인   심심거리프레스
마케팅   박정수 · 김지현

펴낸곳   성균관대학교 출판부
등록   1975년 5월 21일 제1975-9호
주소   03063 서울특별시 종로구 성균관로 25-2
전화   02)760-1253~4
팩스   02)760-7452
홈페이지   http://press.skku.edu/

ISBN 979-11-5550-632-5 03810